코스미안

코스미안

초판 1쇄 인쇄　2018년 5월 25일
초판 1쇄 발행　2018년 6월 1일

지은이　전승선
펴낸이　전승선
감수　이태상
총책임　이봉수
펴낸곳　자연과인문
북디자인　D.room
인쇄　(주)애드피앤씨

출판등록　제300-2007-172호
주소　서울시 종로구 삼일대로 445-12
전화　02)735-0407
팩스　02)744-0407
홈페이지　http://www.jibook.net
이메일　jibooks@naver.com

ISBN 979-11-86162-32-3　03810
값 14,000원

코스미안

전승선 지음

자연과
인 문

Contents

머리말

이 책은 가슴 뛰는 대로 살아 온 이태상 선생님에 관한 이야기다. 평안도 태천에서 태어나 서울에서 살다가 런던으로 이주해 뉴욕에서 인생을 마무리 하며 코스미안이 된 명쾌한 한 인간에 대한 이야기다. 코스미안은 '지금 이 순간 가슴 뛰는 대로 사는 우주적 인간'이다. 이태상 선생님은 자신의 내면을 탐험하며 상상이나 환상이 만들어낸 유토피아가 아닌 바로 지금 이 순간, 여기에 살아있는 인간을 노래하며 본래의 가치를 회복하고 완전한 긍정의 코스미안을 창조해 냈다. 자기 자신이 이 우주의 전부이며 우리는 이 우주를 여행하는 순례자임을 일깨워주고 있다.

스스로 깨어난 자, 모두 코스미안이다.

삶을 사랑하는 자, 모두 코스미안이다.

가슴 뛰는 대로 사는 자, 모두 코스미안이다.

지금, 이 순간 여기에 살아있는 것이 축복이며 행복이다.
지금 사랑하지 못하면 평생 사랑할 수 없다. 한 번 제대로
자기 인생을 살아보지도 못하고 남 좋은 일만 실컷 하다가
가는 사람은 되지 말아야 한다. 생로병사가 있어서 인생은
가치가 있는 것이고 희로애락이 있어서 인생은 살아볼만한

것이다. 백년 안에 삶의 답을 찾지 못하면 천만년의 시간을 줘도 답을 찾을 수 없다. 이제 가슴 뛰는 대로 살 수 있는 용기를 내야 할 때다. 나는 이글을 쓰면서 이제 가슴 뛰는 대로 살아갈 용기가 생겼다. 무지에서 지혜로 나아가는 길이 보였다.

2018년 6월

전승선

이게 삶이야

나는 지구여행을 끝낼 준비를 하고 있다. 우주나그네로 돌아가기 위해 인생의 롤러코스터를 끝낼 때가 되었다. 구십을 바라보는 내게 지구에서의 삶이란 비밀스럽고 감탄스러운 놀이였다. 누가 초대해서 왔는지 모르지만 나는 비자발적으로 지구에 와서 순전히 자발적으로 모든 순간을 가슴 뛰는 대로 사랑하면서 살아왔다. 이제야 고백하건데 모든 순간을 가슴 뛰는 대로 사랑하면서 살아온 힘의 원천은 바로 그녀였다.

이제 그녀를 만나야 한다. 내게 죽음을 주고 다시 생명을 준 그녀를 만나기 위해 나는 여행 가방을 꾸렸다. 떠나 왔던 곳으로 다시 돌아가는 이 여행을 위해 남은 삶의 전부를 걸고 즐거운 모험을 하려고 한다. 생각해보니 나는 인생을 모험으로 시작해서 모험으로 끝내는 셈이다. 그녀를 아직도 기억할 수 있다는 것은 기적중의 기적이다. 기적은 일어날 일이 일어나는 것이 기적이라는 것을 나는 믿고 있다.

뉴욕주법원 법정통역관으로 일하고 있는 나는 열흘간의 서울여행을 위해 휴가를 얻어 났다. 몇 십 년을 동고동락한 동료들은 인생의 마지막 여행일지 모르는 이번 여행을 위해 애정 어린 악수를 건네주면서 행복한 여행이 되길 빈다는 덕담을 나눠 주었다. 모국어로 여러 권 출판된 내 책을 보며 동료들은 나의 조국을 궁금해 했었다. 나의 인생의 뿌리를 궁금해 했고, 나를 키워준 사상의 근원도 궁금해 했다. 평생 그리워한 그녀에 대해서도 동료들은 아마 알고 있을지 모른다. 나의 이번 서울 여행은 그녀들을 세상 밖으로 불러내는 마지막 작업일 것이라는 것을 아마 눈치 채고 있었을 것이다.

나는 그녀들을 코스미안이라고 명명했다. 이제 그녀들에게 추수감사를 해야 할 때다. 이 우주에서 가장 아름다운 생명의 말로 사랑을 고백해야 할 때다. 만물이 내게 와서 사랑이 되었듯이 내가 그녀들에게로 가서 사랑이 되어야 한다. 우주 안에 있는 그녀, 지구 안에 있는 그녀, 사회 안에 있는 그녀, 내 안에 있는 그녀를 만나러 간다. 나는 만남이라는 임계점에 도달해 있었다.

나는 여행 가방에 이제 막 출간한 '생의 찬가'를 곱게 싸서 넣었다. 출판사에서 나온 지 열흘도 되지 않는 따끈따끈한 이 책을 받고 나서 나는 이제 그녀를 찾아 떠날 때가 되었다고 혼자 중얼거렸다. 내 기억 속에서 한 번도 늙지 않은 그녀에게 '생의 찬가'는 그녀를 향한 나의 평생의 노래였다. 이 광대한 우주 속 티끌 하나로 이 세상으로 소풍 와서 다시 티끌이 되어 우주로 돌아가는 여정에 그녀를 만나지 못했다면 나는 이 세상을 재미없고 의미 없이 살았을지 모른다. 분명 그랬을 것이다.

교활한 내 육신이 감각의 늪에서 모든 자아를 거두어들인다 해도 그녀와 나는 사라지지 않을 것을 안다. 강물이 쉼 없이 흐르고 바다의 물은 줄어들지 않는 것처럼 나와 그녀는 사라지지 않을 것이다. 마치 바다와 파도가 하나이듯 흙과 도자기가 하나이듯 말이다. 나는 내 육신이 멈출 때까지 그녀를 향한 그리움은 멈추지 않을 것을 안다. 그 그리움은 사랑의 동의어다. 사랑은 생명이며 사랑은 창조다. 그러니까 그녀는 곧 사랑이며 생명이며 창조인 셈이다.

적어도 그녀는 내가 끝없이 추구한 저 너머에 대한 앎의 시작이었고 끝이었다. 나는 한 번도 삶이 불행하거나 고통스런 것이라고 생각하지 않았다. 아침이면 태양이 뜨고 저녁이면 별이 뜨듯 봄이 오면 꽃이 피고 가을이 오면 낙엽이 지듯 나는 시간과 공간 안에서 그녀가 태양처럼 별처럼 변함없다는 것을 의심하지 않았다. 그렇다. 그녀는 내게 코스미안이었다. 무지개를 올라타고 우주를 여행하는 코스미안으로 내게 왔을 것이다. 나는 이 단순하고 명쾌한 사실을 탐구하는데 오랜 시간을 공들여서 알아냈다.

여행 가방을 싸고 있는 나를 보고 일곱 살 난 외손자 일라이자가 어깨를 위로 쓱 올리며 무심하게 한 마디 툭 내뱉었다.

This Is Life

마치 인생을 완벽하게 꿰고 있는 듯 툭 던진 이 한마디에 나는 싸던 가방을 멈추고 외손자의 볼을 살짝 꼬집으며 웃었다. 외손자는 왜 웃는지 모르겠다는 듯 다시 어깨를 쓱 올리고는 축구공을 가지고 밖으로 나갔다. 외손자 일라이자가 나간 조용한 방에서 일곱 살의 일라이자처럼 일곱 살의 나를 떠올려보았다. 내 일곱 살의 서울은 이제 기억 속에만 존재하는 풍경이 되어 버렸을 것이다. 한 장의 낡은 흑백사진처럼 그 자리에 붙박이가 되어 서울을 지키고 있을 것이라고 생각하니 나도 외손자 일라이자처럼 이게 삶이야 하고 외칠 뻔했다. 그렇다. 이게 삶이다. 이게 삶이 아니고서는 그녀들은 존재할 수 없다. 나는 그녀들을 찾아 내일 아침이면 뉴욕의 존 에프 케네디공항에서 인천공항으로 떠나는 비행기를 탈것이다.

약 열흘간의 여행을 위해 필요한 것들을 꼼꼼하게 가방에 넣고 나자 밤이 되었다. 이 밤이 지나면 내일은 오고야 말 것이다. 눈을 감았다. 시간은 내 몸 밖을 빠져 나가고 있었다. 아니다. 내가 시간 밖을 빠져 나가고 있는 것 같았다. 현상계에서 비현상계 밖으로 나간 느낌이었다. 시간이란 애초에 흐르거나 멈추지 않는 것인지 모른다. 내가 흐르고 내가 멈출 뿐인 것 같았다. 햇볕이 내리쬐는 게 아니라 내리쬐는 게 햇볕이듯 관념이 만들어낸 허상들을 바라보았

다. 나는 오늘 밤 관념의 시간 위에서 초조하고 야릇한 감
정들을 솎아내며 잠속으로 들어갔다. 오래전 뉴욕 허드슨
강가를 거닐며 썼던 시가 꿈속의 꿈처럼 스며들고 있었다.

죽음을 사랑해야

삶도 사랑할 수 있다

카오스가 있어야

코스모스가 있듯이

이 둘은 똑 닮은 쌍태아다

낮과 밤이

생과 사가

기쁨과 슬픔이

욕심과 양심이

성냄과 고요함이

어리석음과 지혜로움이

두 개이면서 하나이다.

죽음도 삶도

카오스도 코스모스도

이 둘은 똑 닮은 쌍태아다.

시간여행

⋮

 가볍게 창공을 치며 새처럼 날아오른 비행기는 존 에프 케네디공항을 뒤로 밀어내며 하늘 위를 달려갔다. 오십 여 년을 산 뉴욕의 하늘은 외손자 일라이자의 푸른 눈동자처럼 맑고 깨끗했다. 히브리인 아버지와 한국 어머니 사이에서 태어난 일라이자는 특히 신비로운 푸른 눈동자를 가졌다. 나는 가끔 일라이자의 눈동자를 보며 우주는 아마 저런 빛의 파장을 끊임없이 만들어 내고 있는 것은 아닐까 생각했었다.

 비행기는 지금 어느 하늘을 날고 있는지 작은 흔들림이 몸으로 전해왔다. 그 미세한 흔들림을 즐기면서 다시 눈을 감

고 시간여행을 떠났다. 나는 여행자이면서 동시에 여행 그
자체이기도 했다. 아니 시간 자체였다. 시간이 나를 과거로
데려가는 것이 아니라 시간 밖으로 나가 시간을 바라보고
있었다.

　나는 과거의 나에게서 지금의 나를 바라보고 있었다. 영
원이란 아무 쓸모없는 말임을 알 수 있을 것 같았다. 어릴
때의 걱정근심 없는 마음도, 젊을 때의 열정에 찬 마음도,
늙어버린 지금의 잔잔한 바다 같은 마음도 사실은 변함없
는 것이다. 마음은 늘 그곳에 있는 북극성처럼 변함이 없는
데 그 마음을 쓰는 내가 변했을 뿐이다. 나는 다시 과거의
나를 만나러 시간 속을 걸었다.

　"손님, 오렌지주스 한 잔 드릴까요?"

　비행기 안에 있는 승객들 중에 제일 많이 늙은 내가 마음
이 쓰였는지 승무원은 오렌지주스를 권했다.

　"고맙습니다. 오렌지주스보다 물을 한 잔 주세요."

　승무원은 살짝 미소를 지으며 물을 한 잔 따라 주었다. 나
는 물을 마시며 창밖을 바라보았다. 비행기는 구름보다 높
은 곳을 날고 있었다. 솜씨 좋은 아낙네가 만든 이불솜처럼
지구를 덮고 있는 구름이 나를 태우고 가는 것 같았다. 나

는 지금 구름 위에 있고 구름 위에 있는 나는 한 점 티끌이 었다. 아니다. 티끌보다 작은 입자일 것이다. 쪼개고 쪼개 서 보면 나는 결국 아무것도 나타낼 수 없는 것이다. 그 아무것도 없는 것이 다시 하나하나 모여들어서 내가 되지 않 았나 생각하며 나는 천천히 물을 마셨다.

두어 시간이 지나자 비행기는 시공간에 이끌려 가는 우주의 범선처럼 그냥 흘러가는 것 같은 느낌이 들었다. 모두들 눈을 붙이고 잠속으로 들어가 버렸는지 고요만이 비행기를 끌고 가고 있었다. 나는 아무 생각도 하지 않았다. 정확히는 아무 생각도 들지 않았다. 그냥 시공간으로 끌려가는 것 같은 비행기를 느끼고만 있었다. 아무것도 느끼지 않는 것 같은 느낌이란 사랑할 때의 무중력 같은 그런 느낌인지 모른다. 아마 그럴 것이다. 내 무의식을 뚫고 들려오는 그녀의 목소리가 시공간을 가고 있는 것 같은 내게로 들려오는 것 같았다.

태상, 우리는 시간이 부족하지 않아요. 시간이란 샘물처럼 퍼 먹어도 끝없이 솟아나는 것이지요. 그러니 걱정하지 말아요.

나는 그녀의 목소리가 들리는 곳을 따라 마음속을 유영하고 있었다. 그녀의 환영은 나를 끌고 과거로 들어가고 있었다. 그녀의 말처럼 나는 끝이 없는 시간은 쓸데없이 절약하고 끝이 있는 시간은 어리석게 써버리고 말았는지 모른다고 생각했다.

그대는 늘 거기 있었군요. 시간처럼 말입니다.

태상, 당신이 늘 거기 있었던 것처럼 나도 늘 여기 있었지요. 그러니 불안해하지 말아요. 불안을 사라지게 하려고 하는 것은 부질없는 일입니다. 그냥 당신이 내뿜는 빛을 내게 비추기만 하면 됩니다. 그러면 당신과 나는 연결되고 끊어짐이란 있을 수 없게 됩니다. 그것이 당신과 나, 마음과 마음은 하나라는 동일한 본성을 얻게 되는 것이지요.

평생을 그리워한 그녀는 내게 진리의 다른 모습이이라는 것을 알게 해 주었다. 그녀는 나의 종교이며 그녀는 나의 우주다. 이 변함없는 원리를 나는 한 번도 의심하지 않았다. 사랑의 다른 말이 그녀이다. 진리의 다른 말도 그녀다.

그녀가 없는 나는 존재하지 못한다. 그녀가 없는 세상은 무슨 의미가 있을 것인가. 나는 그녀로부터 나의 존재를 확인하며 살아왔다.

 나는 시간 속을 유영하며 그리운 사람들을 호명했다. 그리움은 없어지지 않는 향기처럼 어디에나 있었다. 늙어버린 내 몸의 푸른 동맥이 그리움의 길을 잃지 않고 다시 돌아올 수 있도록 길을 열어 놓고 시간여행을 계속했다. 삶이란 참 가련하기도 하지만 신비롭기도 한 놀이다. 나는 어릴 적부터 삶이라는 놀이를 순간순간 즐기면서 최선을 다해 살아왔다. 세상은 버릴 것이 하나도 없는 즐거운 놀이터였다.

 지구에서의 나의 여행은 이제 종지부를 찍고 나는 곧 우주 나그네가 될 테지만 그녀는 영원의 집에서 그리움을 퍼 올리고 있을 것이다. 나는 그녀가 만든 영원의 집으로 들어가기 위해 먼 길을 가고 있었다. 시간을 뚫고 지나가는 비행기는 지금 태평양 상공을 지나고 있다. 나는 조용히 눈을 감고 그녀에게 가기 위해 시간여행을 떠나고 있었다.

첫 번째 그녀, 어머니

어머니 그녀, 빛이다

청상과부, 사람들은 그녀를 청상과부라고 했다. 그녀가
청상과부가 되기 오년 전 나는 아름답고 지혜로웠던 그녀
의 자궁에서 꼬박 열 달을 헤엄치며 놀았다. 그녀의 바다를
열고 세상으로 나온 겨울, 세상은 몹시도 추웠다. 나라를
잃고 설움에 잠겼던 어둡고 고통스러웠던 시절에 그녀는
나에게 세상을 보게 해 주었다. 그녀의 품에서 나의 목숨은
안전하고 튼튼했다. 세상에 나와 나를 사랑해준 첫 번째 그
녀에게 나는 어머니라는 이름을 선사했다. 오, 나의 어머
니, 그녀 이름은 어머니다. 나의 모든 것을 해결해 주는 단
하나의 사람, 어머니는 인류의 처음이자 마지막이듯이 내

게도 창조의 처음이자 마지막이었다.

　나는 아버지가 내준 한 점의 정자로 완성된 생명체, 그 것은 아버지와 아버지의 아버지가 내준 씨앗이다. 아버지 가 내준 한 점의 정자가 어머니가 내준 한 점의 난자를 만 나 나는 세상으로 나왔다. 아버지의 정자가 그러하듯 어머 니의 난자는 그 어머니가 물려 준 것이고 그 어머니의 어 머니로부터 내려온 것이니 아무도 시작도 모르고 끝도 모 른다. 그러나 시간의 수레바퀴를 돌리며 끝없이 거슬러 올 라가면 저 바람과 저 태양과 저 별들과 한 몸인 것이다. 나 아닌 것은 아무것도 없다.

　자상하고 자비롭고 고상하고 우아하고 성스러운 여성인 류의 부활은 어머니를 통해서다. 나의 아버지도 아버지의 아버지도 그 아버지의 아버지도 어머니라는 위대한 여성을 통해 부활했다. 청상과부인 나의 어머니는 세상의 모든 고 통과 근심을 한 몸에 지니고 우리 12남매를 키웠다. 슬픔 이란 그녀의 몫이 아니었다. 아니, 슬픔이 그녀를 점령하지 못했다. 슬픔이나 절망, 고통이나 근심은 그녀에게 접근하 지 못하고 스스로 물러났다.

　3대 독자인 아버지는 마전공립보통학교 선생님이셨다. 그런 아버지를 만난 그녀는 참 고운 소녀였다. 정신여고를 나온 앳된 소녀가 자신의 동생이 다니는 초등학교에 부모님 대신 학부모 자격으로 선생님을 찾아갔다. 아버지는 동생의 학부모로 온 그녀와 사랑에 빠지고 말았다. 이미 두 명의 아이까지 두고 사별한 아버지와 숫처녀인 그녀는 결혼을 했다. 아버지는 교사를 그만두고 태천군수가 되어 식솔들을 이끌고 태천으로 가셨다.

　햇살이 유난히 맑게 내리던 다섯 살의 어느 날 아침. 그녀는 나를 병풍 뒤로 데려갔다. 천지분별 없는 나는 그녀를 따라 병풍 뒤로 갔다. 그녀가 관속을 가리키며 인사를 하고 했다.

"태상아, 아버지께 인사 드려라"

　그녀의 음성은 안정되어 있었다. 흔들림이 없는 낮은 단조의 음률처럼 정확하게 들렸다. 나는 그녀의 목소리를 따라 관속을 바라보았다. 흰 피부의 늙은 노인이 누워 있었다. 노인은 마치 살아 있는 것처럼 보였다. 어제 아침에 봤던 그 얼굴이었다.

"아, 아버지……."

다섯 살의 나는 아버지라는 이름만 겨우 한 번 불렀다. 목
구멍에서는 아버지라는 이름이 올라오고 있었지만 아버지
라는 이름은 목을 넘어오지 못하고 자꾸 목구멍만 간질거
리고 있었다.

"태상아, 그만 불러도 된다."

그녀는 어찌할 줄 몰라 하는 다섯 살의 나를 안고 다시 병
풍 앞으로 나왔다. 병풍 뒤 관속에 누워 잠을 자는 것 같은
아버지의 모습이 자꾸 떠올랐다. 다섯 살의 나는 죽음이라
는 생경한 것과 대면하면서 도무지 알 수 없는 감정 속으로
깊이 빠져 들었다.

"이제, 아버지를 보내 드리자. 그리고 아버지처럼 우리들
도 당당하게 살아가야 한단다."

그녀는 나를 품안으로 꼬옥 안았다. 나는 그녀의 가슴에
기대 그녀가 품어내는 깊은 강물의 울림을 들었다. 웅웅웅
거리는 그녀의 울림은 강물이 되어 가슴으로 흘러가고 있
었다. 나는 그녀의 가슴으로 흐르는 강물을 타고 바다로 나
가는 길을 찾고 있었다. 처음 그녀의 자궁 바다를 열고 세
상으로 나올 때처럼 그녀의 바다는 다섯 살의 내게 더 없

이 평온한 우주였다. 그녀의 우주바다에서 나는 소년이 되어갔고 청년이 되어갔다. 그녀 같은 또 다른 그녀를 만나기 위해 나는 그녀들의 바다를 헤엄쳐 다녔다. 그녀는 나를 철학하게 만들었고 성찰하게 만들었다. 그 토대위에서 나의 청춘은 비로소 완성될 수 있었다.

 인간은 여성에게서 완성된다는 것을 알고부터 나는 인간이란 것이 아무것도 두렵지 않은 존재라는 것을 깨달았다. 사랑하는 것만이 존재의 근원일 것이다. 사랑한다는 것은 삶을 긍정하는 것이다. 세상의 모든 그녀들을 사랑하는 것, 세상의 모든 삶을 사랑하는 것이다. 일하고 먹고 자고 숨쉬고 하는 모든 것의 근원은 사랑이므로 나는 사랑의 근원으로 돌아가 어머니, 그녀를 사랑했다. 그 치열한 청춘시절 격정의 한 자락을 실로 꿰어서 그녀에게 바쳤다.

정녕 삶의 본질이

사랑 아니던가.

삶의 숨결이 사랑이요.

삶의 날개가 사랑이요.

삶의 꿈이 사랑이요.

삶의 완성이 사랑이요.

삶의 시작도 끝도

사랑이 아니던가.

사랑을 모르고 사는 억만 년보다

사랑을 하는 한 순간이

그 얼마나 더 한없이 보람되고 복되랴!

미칠 바에는 삶에 미치고

미칠 바에는 사랑에 미치리라.

취할 바에는 삶에 취하고

취할 바에는 사랑에 취하리라.

정말 미치도록 취하도록 죽도록.

어머니, 그녀에게 지상의 모든 어린애는 다 꽃이었다. 별
이었다. 무지개였다. 어린애는 하늘이며 자연이며 만물이
었다. 봄 여름 가을 겨울도 어린애였고 어제도 오늘도 내일

도 어린애였다. 희망도 어린애였다. 꿈도 어린애였다. 젊음과 늙음이 하나이듯 왕자와 거지가 하나이듯 공주와 갈보가 하나이듯 천사와 악마가 하나이듯 십자가와 목탁이 하나이듯 스승과 제자가 하나이듯 남자와 여자가 하나이듯 주인과 머슴이 하나이듯 빛과 그림자가 하나이듯 성자와 죄인이 하나이듯 그녀의 어린애는 모두가 하나였다. 그 어린애는 바로 나였다. 나는 그녀의 모든 것이었다. 그녀도 나의 모든 것이었다. 내가 그녀의 하느님이듯 그녀도 나의 하느님이었다.

나는 나의 첫 번째 그녀를 위해 늘 사랑의 노래를 불렀다. 내 마음이 항상 그녀에게로 향해 있기 때문에 나의 그녀는 마땅히 경배해야 할 대상이었다. 아니 우주였다. 생성과 소멸을 거듭하며 은하계를 돌리는 우주였고 순수한 생명원소였다.

어머니, 나의 어머니 당신을 사랑합니다.

사랑은 존재의 다른 말이다. 나는 그녀를 위해 사랑이라는 말을 함부로 내뱉을 수 없었다. 그녀는 나를 위한 근원적 경험이었다. 몸으로 와서 마음으로 완성되는 존재의 근원인 것이다. 그녀의 자궁을 찢고 나와서 다시 그녀의 자궁인 우주로 돌아간다. 그녀에 대한 사랑은 들숨과 날숨 사이의 생명이었다. 나는 들숨과 날숨 사이의 생명이 붙어 있는 한 그녀를 사랑하지 않을 수 없었다.

그녀는 나의 이런 경배를 알아채지 못했지만 나는 끊임없이 그녀에게 경배했다. 그녀가 나에게 끊임없이 사랑을 주듯 말이다. 그녀와 나는 알파와 오메가처럼 두 바퀴로 굴러가는 사랑의 수레였다. 완전이 불완전을 완성하듯 그녀는 내 불완전을 향해 작용하고 있었다. 그렇다. 그녀는 내게 하늘님이며 하늘에 계신 아버지였다.

나는 늘 그녀를 마음속으로 부른다. 어머니라는 소리가 내 몸을 통해 밖으로 나가면 그것은 곧 나를 구성하고 있는 세포의 원자로부터 발현되어 나와 나의 온몸과 마음을 담은 진언이 된다. 이 소리의 변화는 의도적으로 나라는 몸과 마음을 바꾸는 오묘한 힘이 있다.

바람이 별 뜻 없이 부는 것 같아도 바다는 바람의 뜻을 일일이 다 기억하고 물결을 만들어 내고 별들이 이유 없이 반짝반짝 빛나는 것 같아도 하늘은 별들이 빛나는 것을 일일이 다 기억하고 빛남을 만들어 내듯이 말이다. 나도 아무 뜻 없이 그녀를 부르지만 그녀는 일일이 다 내 소리의 파장을 기억해 내시고 사랑이라는 물결을 만들어 내신다.

어머니!

나는 가만히 그녀를 불러본다. 신이 세상을 창조한 것은 사랑할 대상이 필요했기 때문인지 모른다. 사랑은 그녀다. 그녀와 사랑은 동의어다. 삼라만상도 그녀가 있기 때문에 가능했을 것이다. 천국이 그녀의 것이라면 지옥도 그녀의 것이다. 천국이 사랑이듯 지옥도 사랑의 다른 말이기 때문이다.

어머니 그녀, 빛이다.

아테나 그녀, 무질서에서 길을 찾다

그날, 나는 열다섯 살의 까까머리 소년이었다. 천진난만한 열다섯 살의 소년인 나는 즐거운 세상놀이에 빠져 있었다. 까까머리 친구들과 뛰고 까불며 열다섯 살의 초여름을 즐기고 있었다. 갑자기 어른들의 얼굴에 근심이 가득했다. 어두운 얼굴의 어른들은 갈팡질팡 하면서 서울을 떠나야 한다고 했다. 한 순간 모든 것들이 멈춘 것 같았다. 사람도 사물도 멈춰버린 것처럼 어른들은 속수무책이었다.

"전쟁이 터졌어!"

그날, 천구백오십년 유월 이십오일이었다. 내 위의 누이는 어른처럼 나를 보며 담담하게 말했다. 전쟁이 터졌다는

두 번째, 그녀 아테나

043

말의 뜻을 나는 잘 알지 못했지만 전쟁이라는 말은 생경한 단어가 아니었다. 열다섯 살이 되기 전까지 나는 동네 아이들과 전쟁놀이를 하면서 자랐다. 어른들의 놀이인 전쟁이 실제 났는데 어른들은 사색이 되었다는 사실이 이해되지 않았다. 삼일 만에 서울이 함락되자 고등학교를 다니는 동네 형들의 얼굴에는 웃음기가 사라지고 나라를 구해야 한다며 학도병에 지원하기 위해 몰려 다녔다. 황토색 먼지를 일으키며 지나가는 군인들이 자주 보이는 신작로에 서서 나는 물끄러미 그들을 바라보다가 집으로 돌아가곤 했다.

아, 또두들 떠나는구나!

나는 피난 가는 친구들이 부러웠다. 보따리를 이고 지고 전쟁을 피해 사람들은 어디론가 떠나는데 우리는 떠나지 못하고 퍼부어대는 포탄을 피해 동네만 이리저리 떠돌아야 했다. 하지만 나는 어머니께 차마 피난 가자는 말을 할 수가 없었다. 청상과부가 할 수 있는 일이란 피난이 아니라 하루하루 먹고 사는 일이라는 것을 나는 알고 있었기 때문이다. 피난도 우리에겐 사치였다.

열다섯 살의 어린 소년에게 전쟁은 가혹한 시련이었다. 집도 없이 거리를 떠돌며 쓰디쓴 인생의 시련을 이겨내야 했다. 시련은 견딜 수 있는 자에게는 축복이다. 나는 어릴 때부터 긍정의 아이콘이었다. 매사를 긍정으로 시작해서 긍정으로 끝내는 타고난 성격을 지녔다.

폭격에 무참히 무너진 거리의 건물 틈을 비집고 다니던 열다섯 살의 나는 나돌아 다니지 말라는 어머니의 당부도 잊은 채 종로거리를 온종일 헤매고 다녔다. 화마에 휩싸인 거리는 총소리 대포소리가 귀를 뚫을 듯 요란하게 들려왔다. 여기저기 죽어있는 시체들, 팔다리가 잘린 부상자들, 살겠다고 뛰어다니는 사람들이 뒤엉킨 아비규환 속을 열다섯 살의 나는 겁도 없이 돌아다녔다.

나는 포화 속을 걸어가다가 무너진 건물 옆에 키 작은 풀들이 자라나고 있는 것을 발견했다. 전쟁은 생명을 무참히 짓밟고 앗아 가는데 풀들은 그 속에서도 의연하게 생명을 지키고 있었다. 나는 걸음을 멈추고 살아줘서 고마운 풀들을 바라보았다. 작고 여린 생명들은 작은 바람에도 하늘거리며 살아있음을 노래하고 있는 것 같았다. 나는 가만히 풀들을 바라보다가 풀 속에 자라고 있는 연분홍빛 어린 코스

모스를 발견했다. 전쟁과 코스모스는 어울리지 않는 풍경
이지만 묘하게 잘 어울렸다. 전쟁 통에 피어난 여름 코스모
스가 왠지 아련하고 가여웠다. 나도 모르게 코스모스와 깊
은 인연이 될 것 같다는 예감에 사로 잡혔다. 나는 허리를
굽혀 몸을 낮추고 키 작은 코스모스를 바라보았다.

　이때 갑자기 요란한 비행기 소리가 나더니 총탄이 비 오듯
쏟아졌다. 느닷없이 쏟아지는 총탄은 무너진 벽에도 박히
고 땅위에도 나뒹굴었다. 비행기가 다 지나가고 나서야 일
어서서 코스모스를 바라보았다. 나는 코스모를 보려고 허
리를 굽혀 몸을 낮춘 덕분에 살아날 수 있었다. 이건 기적
이었다. 코스모스와 나의 인연이며 기적이었다.

　아, 코스모스 고마워. 네 덕분에 살았어. 너를 발견하지 않았다면

　나는 죽었을 거야.

　나는 코스모스가 너무 고마워서 코스모스에게 허리를 굽
혀 인사를 했다. 바람에 흔들흔들 거리는 코스모스가 내게
미소를 보내는 것 같았다. 내가 살아있는 생명이라면 코스
모스도 살아있는 생명이다. 살아있는 것들은 모두 아름답

다는 것을 그때 알았다. 여기저기 튄 총알 사이로 수줍게 서 있는 코스모스에게 손을 흔들며 집으로 돌아왔다.

"태상아, 뭐가 그리 좋아서 종일 웃고 있니?"

"누나, 세상에 기적이 있다고 믿어?"

"기적은 없어, 넌 아직 어려서 기적 같은 걸 꿈꾸나 본데 기적은 없으니까 기적 같은 거 믿지 말고 공부나 열심히 해"

나는 누나에게 조금 전에 일어났던 코스모스의 기적을 말하려다 그만 두었다. 누나가 내 말을 믿어 줄 리도 없지만 소중한 인연은 가슴에 깊이 넣어 두는 것이라고 생각했다. 그렇게 생각하니까 가슴이 뛰었다. 가슴이 뛰니까 기분이 좋아졌다. 전쟁도 별것 아니라는 생각이 들고 무엇이든 다 이겨낼 수 있을 것 같은 자신감이 솟아 올랐다.

"이제부터 나는 가슴 뛰는 대로 살 거야."

그날 밤, 나는 허공에 둥둥 떠 있는 것처럼 어떤 알 수 없는 힘이 내 몸을 감싸고 있는 것 같아 잠을 이룰 수 없었다. 새벽닭이 울고 나서야 겨우 잠이 들었다. 늦은 아침밥을 하기 위해 달그락거리는 어머니의 소리가 들려왔지만 일어나지 못했다. 이불을 걷어 치는 누나의 거친 손길 때문에 겨우 일어날 수 있었다.

"오늘 인민군들이 온다는 소문이 동네에 쫙 퍼졌다. 누난 어머니 따라 먹을 것을 구하러 갈 거니까 태상이 넌 동생 잘 보고 있어"

"걱정 마, 누나……."

멀건 죽으로 아침을 때우고 엄마와 누나는 식량을 구하러 집을 떠났다. 나는 가여운 어머니를 위해 조금이라도 힘이 되고 싶었다. 어제 봤던 코스모스가 피어있는 곳으로 갔다. 키 작은 코스모스는 어제처럼 바람에 몸을 흔들거리며 웃고 있었다.

안녕, 코스모스

나는 허리를 굽혀 코스모스를 어루만지며 인사를 했다. 코스모스는 나의 말을 알아듣는 것처럼 고개를 흔들었다. 바람이 흔드는 것이라는 걸 모를 리 없지만 나는 코스모스가 대답하는 것이라고 믿고 싶었다.

가여운 우리 어머니를 돕고 싶어서 여기저기 돌아다니는 거야 혹시 식량이라도 구할 수 있을까 해서……

아무것도 모르는 코스모스에게 내 심정을 이야기하고 나자 마음이 좀 편한 느낌이 들었다. 없던 용기가 생기는 것 같았다. 나는 코스모스를 지나 다른 마을로 걸어갔다. 한참을 걸어가자 과수원이 나왔다. 과수원에는 아무도 없었다. 과수원 옆에 있는 주인집으로 들어가 보았다. 거기에도 아무도 없었다. 다 피난을 떠나고 빈집만 덩그렇게 남아 여름 햇살만 쌓이고 있었다.

다시 과수원으로 갔다. 주인도 없는 과수원에는 탐스런 복숭아가 초여름 햇살에 연분홍 얼굴을 내밀고 활짝 웃고 있었다. 나는 주렁주렁 매달린 복숭아를 한 아름 따서 보따리에 담았다. 복숭아를 좋아하셨던 어머니를 생각하니 절로 미소가 번졌다. 한손엔 복숭아가 가득 담긴 보따리를 들고 다른 한손으론 복숭아를 우걱우걱 먹으며 집으로 걸어왔다. 그때 순찰 중이던 인민군들과 마주쳤다. 나는 복숭아를 빼앗길까봐 겁에 질려 꼼짝도 하지 못했다.

"야, 보따리에 든 게 뭐야?

인민군 병사는 히쭉 웃으며 다짜고짜 물었다. 나는 죄지은 것도 없는데 다리가 떨리고 겁에 질려 그 자리에 얼어붙었다.

"너 벙어리야? 보따리에 든 게 뭐냐고?"

"복…….복숭아인데요."

땀이 난 손으로 보따리를 움켜쥐고 나는 겨우 대답했다.

"어디서 가져오는 거야?"

거짓말이라도 하면 가만두지 않겠다는 듯 인민군 병사는 내 눈을 똑바로 쳐다보며 윽박질렀다.

"할아버지가 주셨어요."

나는 무서워서 솔직하게 말하지 못하고 둘러댔다. 주인이 피난을 떠나고 없는 과수원이라고 해도 남의 것을 가져온 것은 분명 나쁜 일이기 때문에 만약 바른대로 말한다면 인민군이 쏴 죽일 것 같은 공포감이 밀려왔다.

"야, 그 복숭아 우리한테 팔 수 없겠니? 아니면 이 쌀과 바꿀래?"

옆에 있던 또 한명의 인민군이 내 보따리 안을 들여다보며 복숭아를 살피고는 만족한 웃음을 지었다. 나는 인민군 병사의 웃음을 보며 조금 안심이 되었다.

"좋아요. 아저씨 쌀이랑 내 복숭아랑 바꿔요"

구하기 힘든 쌀을 복숭아랑 바꿔 주겠다는 것은 내게도 행운과 같았다. 늘 식량을 구하느라 동분서주 하시는 어머니의 근심을 덜어줄 기회였다.

"저기 아저씨, 필요하시다면 찐빵도 가져다 드릴 수 있어요"

쌀을 주겠다는 인민군이 고마워 나도 모르게 찐빵을 갖다 주겠노라고 말해 버리고 말았다. 어머니가 자주 만들어 주시던 찐빵을 인민군 병사들에게 감사한 마음으로 준다고 하면 어머니도 허락하실 것이다.

"하하, 조그만 녀석이 제법이야. 내일 이곳으로 찐빵을 가져오면 오늘 준 쌀을 배로 주마"

나는 인민군 병사가 내미는 쌀 포대를 넘겨받고 다시 뺏길세라 얼른 집을 향해 달려왔다. 어머니는 내가 내민 쌀 포대를 보며 무슨 일이냐고 어리둥절해하며 물었다. 나는 방금 있었던 일들을 어머니께 설명하고는 어머니의 표정을 살폈다. 어머니는 피난을 가고 아무도 없는 과수원에서 복숭아 가져온 것은 바른 일이 아니라며 나무라셨지만 인민군 병사에게 기지를 발휘해 쌀과 바꾼 것은 잘한 일이라고 기뻐하셨다.

"어머니, 찐빵을 만들어 주세요. 어머니의 찐빵은 맛있어서 누구나 좋아하잖아요. 내일 찐빵을 가져다주면 인민군 병사가 쌀을 배로 준다고 했어요."

"그래, 우리 태상이가 이 전쟁 통에 엄마에게 힘이 되어주는구나 고맙다."

"어머니, 이게 다 코스모스와의 인연 때문이지요."

"코스모스? 그게 무슨 말이냐"

"아……. 아니에요"

나는 어머니께 코스모스를 설명하려다 그만 두었다. 죽다 살아난 일을 알게 되시면 걱정하실 것이 뻔했다. 괜한 걱정을 하는 것도 그렇지만 코스모스는 오로지 내 가슴에 고이 간직하는 것이 좋을 것 같았다.

다음날 어머니가 만들어 주신 모락모락 김이 나는 따끈따끈한 찐빵을 보따리에 담아 인민군 병사를 만나러 갔다. 먼저 와서 기다리고 있던 인민군 병사들은 나를 보자 반기며 어서 찐빵을 달라고 재촉했다.

"이거 김이 모락모락 나는구나. 맛있겠다."

"어머니가 방금 만든 찐빵이에요. 우리 어머니 찐빵은 정말 맛있어요."

보따리에서 찐빵을 꺼내 인민군 병사들에게 건네자 인민
군 병사들은 행복한 표정을 지었다.

"고향을 떠나와서 이렇게 맛있는 찐빵은 처음 먹어 보는
구나."

적군이지만 인민군 병사들이 행복해 하는 모습을 보니 나
도 덩달아 기분이 좋아 보따리 채 건네주었다.

"고맙다. 약속한대로 쌀은 두 배로 줄 테니 가져다가 맛있
는 찐빵을 만들어 주신 어머니께 드려라."

"아저씨 우리엄마가 만든 찐빵 정말 맛있지요? 쌀과 바꿔
주셔서 감사해요"

"녀석……. 똑똑해서 어딜 가도 굶지는 않겠구나!"

인민군 중에서 좀 높은 것 같은 아저씨가 내 머리를 쓰다
듬으며 칭찬을 해줬다. 칭찬을 들으니 괜히 기분이 좋아지
고 어깨가 으쓱 올라갔다. 한달음에 집으로 달려와 어머니
께 쌀을 드렸다. 어머니의 웃음 띤 얼굴을 보자 마음이 부
풀어 오르는 것 같았다.

나는 다음날에도 어머니가 만들어 주신 찐빵을 들고 인민
군들이 있는 곳으로 갔다. 인민군들은 나를 반갑게 맞아 주
었다. 어머니가 만들어 주신 찐빵을 인민군들에게 주자 전

보다 더 많은 쌀을 주었다. 열다섯 살의 까까머리 소년인 나는 코스모스의 기적이 가져다 준 용기를 믿었다.

기적은 멀리 있지 않았다. 내 안에 내 곁에 내 가까이 있는 것이 기적이다. 기적은 발견하는 것이 아니라 만나는 것이다. 기적은 찾는 것이 아니라 내 안에서 끄집어내는 것이다. 나는 어머니께 찐빵을 더 많이 만들어 달라고 부탁했다.

"태상아, 넌 아직 어린애란다. 너에게 더 많은 찐빵을 팔라고 하지 못하겠구나."

"어머니, 저는 자신 있어요. 저를 믿어주세요."

"난리통만 아니었어도 너를 찐빵 팔게 내버려 두진 않았을 텐데……."

어머니는 내가 안쓰러워 울먹였다. 하지만 나는 즐거웠다. 어머니를 도울 수 있는 것도 기적 중의 기적이 아니던가. 어머니를 졸라 만든 찐빵을 더 많이 들고 나는 거리로 나갔다. 좌판을 벌려 팔기도 했고 여기 저기 다니면서 찐빵을 팔았다.

"찐빵, 찐빵 사세요. 맛있는 찐빵 사세요."

아직 변성기가 오지 않은 내 미성의 목소리는 내가 들어도 참 고왔다. 지나가는 소녀들이 힐긋힐긋 쳐다보면서 자기들끼리 키득거렸다. 나는 빨개진 얼굴을 푹 숙이고 소녀들이 볼세라 바삐 걸으면서도 찐빵을 외쳤다. 동네 구석구석을 돌고 거리를 돌면서 판 찐빵은 아주 잘 팔렸다. 찐빵이 팔리는 만큼 우리 집에는 쌀이 쌓여갔다. 쌓여가는 쌀을 보면서 나는 먹지 않아도 배가 부른 듯 했다. 굶지 않아도 되고 어머니의 미소를 보는 것만으로도 행복했다.

코스모스, 고마워……

눈앞에 코스모스가 어른거릴 때마다 고마운 마음이 저절로 떠올랐다. 이렇게 가슴 뛰는 대로 사는 방법을 알게 해준 코스모스를 사랑하지 않을 수 없었다. 나는 가끔 코스모스를 보러 무너진 건물더미가 있는 곳으로 가곤했다. 아침이슬을 머금고 피어있는 코스모스는 시간을 잊기에 충분했다. 그세 인민군들이 물러가고 국군과 미군이 서울로 들어왔다.

나는 찐빵장사를 계속했다. 이번에는 국군이 내 찐빵을

사기 시작했다. 국군들은 어린 나를 가엽게 여겼는지 찐빵은 조금 가져가고 대신 건빵을 잔뜩 주었다. 처음 먹어본 건빵은 정말 맛있었다.

"국군아저씨, 이 건빵 정말 맛있어요. 하하 이렇게 맛있는 건빵은 처음 먹어봐요."

"하하하, 그렇게 맛있니? 더 줄 테니까 부모님께도 갖다 드려라."

"고맙습니다. 국군아저씨"

나는 국군들이 준 건빵을 보따리에 가득 담아 와서 어머니께 드렸다. 어머니는 건빵을 시장에 내다 팔아서 필요한 것들을 사오셨다. 굶는 일이 다반사였던 우리 가족은 인민군과 국군 덕분에 굶는 것은 면할 수 있었다. 남들이 다 떠나는 피난도 떠나지 못한 우리 가족은 전쟁의 포화 속에서 살아남았다. 그렇게 여름이 가고 가을도 가고 겨울이 왔다.

"태상아, 어서 짐을 싸야 한다."

어머니의 목소리는 떨리고 있었다. 파르르 떨고 있는 어머니의 속눈썹에는 두려움이 가득 묻어 있었다.

"어머니? 짐을 왜 싸야하죠?"

나는 어머니의 팔을 붙잡고 물었다. 짐을 싸느라 정신없는 어머니는 눈도 마주치지 않고 짐을 싸면서 말하셨다.

"이번에는 중공군이 인민군과 함께 서울로 내려온단다. 지난번하고는 다르단다. 어서 피난을 떠나자."

어머니는 간단하게 싼 피난보따리를 머리에 이고 집을 나섰다. 밖에는 지난번보다 더 많은 피난행렬이 거리를 가득 메우고 있었다. 나는 피난을 가야 한다는 어머니의 말에 마음이 편치 않았다. 찐빵 장사를 더 해서 피난 갔다가 돌아오실 어머니를 기쁘게 해 주고 싶었다.

"어머니, 저는 나중에 내려갈게요."

"태상아, 무슨 소리냐? 이번에는 중공군까지 온다는데 위험해서 안 된다. 어서 가자."

"아니에요. 어머니, 저는 아직 어리니까 큰 피해는 없을 거예요."

"태상아, 고집 피우지 말고 엄마랑 같이 가자."

어머니의 간곡한 말에도 나는 마음이 동하지 않았다. 어머니 마음은 충분히 알겠지만 밥벌이를 하고 싶은 내 마음은 이미 남기로 작정하고 있었다. 도저히 내 고집을 꺾을 수 없다고 판단한 어머니는 식구들을 데리고 먼저 떠나기로 하셨다.

"그럼, 우리들 먼저 떠날 테니까 장사가 여의치 않으면 빨리 내려와야 한다."

어머니와 나는 나중에 대전에서 만나기로 하고 피난을 떠났다. 떠나는 어머니의 뒷모습은 안쓰럽고 애처로웠다. 전쟁만 아니었다면 어머니는 떠나지 않았을 테고 나도 중학교를 잘 다니고 있었을 것이다. 나는 포화 속에서도 의연하게 잘 있는 학교를 돌아보니 눈물이 났다.

얼마 지나지 않아 인민군과 중공군이 서울로 진격해 왔다. 그러나 예전의 인민군의 분위기와 사뭇 달랐다. 그들은 헐벗고 가난했다. 새까맣게 밀려오는 중공군들은 학교에 진을 치고 피난을 떠난 집들을 뒤져 먹을 것을 가져갔다. 나는 중공군과 인민군들에게 찐빵 장사를 할 수 없었다. 나도 헐벗었지만 그들도 헐벗었기 때문에 나는 하는 수 없이 피난을 가신 어머니를 만나러 길을 떠났다.

걷고 또 걸었다. 길은 걷기 위해 거기 있었다. 먼지 날리는 황톳길을 걷고 또 걸으며 허기진 배를 움켜잡았다. 걷다가 우마차를 얻어 타기도 했고 인심 좋은 할머니가 건네준 누룽지로 연명하기도 했다. 무작정 남쪽으로 남쪽으로 걸어가면서도 나는 절망하지 않았다. 절망은 나의 것이 아니었다. 희망만이 내 것이었다.

그렇게 걷고 또 걸어서 기적처럼 어머니를 만났다. 피난살이로 지친 어머니와 가족은 먹을 것이 없어 굶다시피 하고 있었다. 뼈만 앙상하게 남은 몸을 이끌고 어머니는 가족들을 먹여 살리느라 온종일 이리 뛰고 저리 뛰어 다니셨다. 나는 다시 마음을 다잡고 장사를 하고자 어머니께 말씀 드렸다.

"어머니 김밥을 만들어 주세요."

"태상아, 여긴 서울이 아니라 대전이다. 어린 네가 낯선 이곳에서 장사를 어떻게 하겠니?"

"저는 무엇이든 할 수 있어요. 어머니"

나는 걱정으로 가득한 어머니를 설득해야 했다. 이번에도 내 고집을 꺾지 못하신 어머니는 김밥을 만들어 주셨다. 나는 김밥을 들고 대전역으로 나갔다. 보리와 쌀이 섞인 김밥이지만 음식솜씨가 좋은 어머니 덕에 김밥은 그런대로 잘 팔렸다.

"어린 것이 기특하네."

사람들은 내 머리를 쓰다듬으며 김밥을 사갔다. 나는 하루 종일 김밥을 팔아 돈이 손에 쥐어지면 대전 시외에 가서 엿을 받아와 다시 팔기 시작했다. 역 앞에서 팔다가 조금 더 팔 요량으로 대합실에 들어가 파니 조금 더 많이 팔렸다. 나는 이왕이면 많이 팔고 싶어 울타리를 넘어 플랫폼에 들어가 엿을 팔았다. 그러자 수입이 배가 되었다. 다음날은 아예 열차에 올라타서 엿을 팔기 시작했다. 열차 안에 있는 사람들은 지루한 여행을 엿으로 달래려고 많이 샀다.

"맛있는 엿이 왔어요. 엿 사세요."

나는 소리를 치며 열차 안을 누비고 다녔다.

"야, 쥐방울만한 것이 열차 안에서 엿을 팔아? 너 이리로 와"

승무원이 다가오며 고함을 질렀다. 나는 기겁을 하며 후다닥 뛰기 시작했다. 승무원이 나를 잡으려고 뛰어 오는데 서서히 기차가 출발을 했다. 나는 다음 칸으로 잽싸게 뛰어 갔다. 승무원이 소리를 지르며 다음 칸까지 나를 잡으러 달려왔다. 하는 수 없이 나는 달리는 기차에서 반대편 기차

길로 뛰어 내렸다. 뛰어 내리면서도 놓치지 않고 꽉 쥐고
있던 엿판은 그대로였지만 여기저기 나뒹굴고 있는 엿을
바라보며 나는 웃음이 났다.

"그래도 엿판과 엿은 뺏기지 않았어, 다행이야 하하하"

나는 나뒹구는 엿을 다시 챙겨 나왔다. 거리는 어둠이 밀
려오고 있었다. 터벅터벅 걷고 있는데 소위 계급장을 단 남
자가 나에게 다가왔다.

"너, 혹시 경복중학교에 다니니?"

"네 그런데요?"

"혹시 영철이라는 아이를 알고 있니?"

남자는 옷이 없어 학교 교복을 입고 모자를 쓰고 다니던
나를 보고 경복중학교라는 것을 알아본 모양이었다. 종로
구 자하문 근처에 있던 경복중학교를 알아본 것이 신기해
서 나는 남자에게 친절히 대답했다.

"영철이요? 영철이는 저랑 같은 반이었어요."

"그래, 영철이가 내 동생이란다."

"아저씨 정말이세요?"

"정말이고말고! 피난 왔니? 이런 곳에서 만나다니 반갑구
나."

남자는 엿판을 들고 있는 나를 바라보다가 무슨 생각이 들었는지 주머니에 손을 넣어 무언가 찾았다. 그리고는 돈을 꺼내 내게 내밀었다.

"그 엿을 전부 싸줄 수 있겠니?"

"이 엿을 전부다요?"

"그래, 전부 다 싸줘"

남자는 나를 보며 자신의 동생인 영철이가 생각난 것 같았다. 영철이는 나와 친한 친구는 아니었지만 남자 덕분에 나는 기차에서 쫓겨나 팔지 못한 엿을 다 팔 수 있었다. 남자는 엿을 들고 멀리 멀어져 갔다. 나는 남자에게 영철이의 안부를 묻지 않았다는 것을 깨달았다. 영철이는 이 난리 통에 어찌 되었을까 걱정을 하면서 집으로 돌아왔다.

나는 그 뒤로도 어머니의 걱정을 뒤로 하고 대전역 근처를 누비며 계속해서 엿을 팔았다. 어느 날 길을 가던 간호장교가 나를 보더니 멈춰 서서 말을 걸었다.

"어린 학생이 고생하는구나."

간호장교의 말에 괜히 얼굴이 붉어졌다. 하얗고 고운 얼굴의 간호장교는 품위 있고 아름다웠다. 정말이지 너무 예뻐서 쳐다 볼 수가 없었다. 지나가는 사람들이 간호장교를

힐끔힐끔 쳐다보면서 눈을 떼지 못했다. 나는 간호장교가
고생한다고 하는 말에 창피해서 아무 말도 못하고 땅만 쳐
다보고 있었다. 간호장교는 주머니를 뒤적거리더니 제법
큰돈을 꺼내 나에게 내밀었다.

"아, 아니에요. 이렇게 큰돈으로 이 엿을 다 사고도 남아
요. 엿은 그냥 드릴게요."

"엿은 다른 사람에게 팔아. 나는 그냥 열심히 사는 너를
도와주고 싶었을 뿐이야"

"저는 이렇게 큰돈은 받을 수 없어요."

"괜찮아 받아도 되는 돈이야"

막을 사이도 없이 간호장교는 잽싸게 내 주머니에 돈을 넣
고 저만치 걸어가고 있었다. 그리고 뒤를 돌아보며 말했다.

"안녕"

나는 멀어져 가는 간호장교의 뒷모습만 하염없이 바라볼
수밖에 없었다. 하얗고 고운 그녀를 바라보면서 나는 찡해
오는 코끝을 누르며 집으로 왔다.

어머니와 나는 그 동안 모은 돈으로 쌀을 샀다. 어머니

아는 분이 쌀을 사서 먼 곳에 가서 팔면 큰 이문을 남길 수 있다는 귀띔을 해주었기 때문이었다. 어머니와 나는 열대여섯 가마니의 쌀을 사서 화물열차에 올랐다. 화물열차에 실은 쌀가마니 위에 앉아 추위에 덜덜 떨며 며칠 밤을 새워 경상도 구포에 도착했다. 구포역에서 소달구지를 구해 쌀을 싣고 그 지역에서 제일 크다는 싸전을 찾아갔다. 싸전주인 할아버지는 어머니와 나를 보더니 혀부터 끌끌 찼다.

"에구, 세상에 이 먼 곳까지 쌀을 싣고 왔어?"

"할아버지 많이 쳐주세요."

나는 싸전 할아버지께 애교를 부리며 말했다.

"어린 것이 참 착하고 용하구나. 가져온 쌀은 값을 많이 쳐줄 테니까 놓고 가거라."

싸전주인 할아버지의 말씀에 어머니 얼굴에 미소가 번졌다. 나도 덩달아 기뻤다. 싸전주인 할아버지의 배려로 쌀을 전부 팔고 상당한 이문을 남겼다. 어머니와 나는 할아버지께 큰 인사를 드리고 가벼운 마음으로 다시 대전으로 가는 기차에 몸을 실었다.

대전으로 돌아온 나는 쌀을 팔아 번 돈으로 공설시장에

나가 양키물건을 팔기 시작했다. 시장 바닥에 큰 멍석을 펴 놓고 백여 가지가 넘는 양키 물건을 진열해 놓으니까 큰 상 점처럼 마음이 뿌듯했다. 나는 큰소리로 외쳐가며 신나게 팔았다.

"양키물건 있어요. 최고의 품질입니다. 어서 사가세요."

며칠 만에 물건을 거의 다 팔고 나는 다시 양키물건을 사 러 미군 제1군단이 주둔해 있던 마을로 갔다. 마침 미군은 이동을 하려고 준비하고 있었다. 짐을 실은 차량들과 미군 들이 탄 트럭이 쭉 서 있었다. 나는 물건을 사지 못할까봐 조바심이 났다. 맨 앞에 있는 지프차로 다가가서 차문을 두 드렸다.

"아이 유어 하우스보이 오케이?"

학교에서 배운 짧은 영어 몇 마디를 제스처와 함께 하니까 높은 사람인 듯한 키다리 미군이 내 두 눈을 찬찬히 들여다 보더니 미소를 띠며 자기 지프차에 올라타라는 몸짓을 했 다. 그래서 나는 서툰 영어 몇 마디를 더 내 뱉었다.

"웨이트 어 모우먼트. 아이 마스트 고 앤드 스피크 투 마 더"

키다리 미군은 말이 끝나자마자 나를 번쩍 들어서 자기 옆

자리에 앉혔다. 그리고는 운전병에게 영어로 뭐라고 큰소리로 외쳤다.

"옛썰"

운전병은 우렁차게 대답을 하고 경례를 부친 후 차를 몰았다. 나는 키다리 미군 옆에서 어리둥절하며 조금 불안했지만 별일이야 있겠는가 싶어 아무것도 묻지 못하고 있었다.

"웨어 웨어 유어 마더?"

운전병은 나를 보며 손가락으로 길을 가리켰다. 나는 운전병에게 시장으로 가는 방향을 알려 주었다. 지프차는 빠른 속도로 골목골목을 누비며 어머니가 노점을 하고 있는 공설시장에 도착했다. 어머니 앞에 나를 내려 준 키다리 미군은 어머니와 이야기를 나눈 후 돌아갔다.

"어머니, 저는 내일부터 구두닦이가 될 거예요. 미군들 구두를 닦으면서 영어도 배울 수 있어요."

"그래, 그렇게 해라. 그 미군장교가 사람이 좋아 보이더라."

그날부터 미군부대를 따라 다니며 장교들 구두와 사병들 구두를 닦았다. 구두를 닦는 일 말고도 나는 잔심부름도 했고 누가 시키지 않아도 여기저기 흩어져 있는 것들도 정리했다. 누구보다 부지런하게 부대 안에서 구두를 윤이 반짝반짝 나게 닦고 다른 일도 찾아서 해주니까 다들 나를 예뻐하고 귀여워 해줬다. 그런 나에게 장교들과 병사들은 초콜릿, 껌, 과자 등 별의별 것들을 잔뜩 주었다. 나는 미군들이 주는 것을 먹지 않고 모아서 어머니에게 갖다 드렸다. 어머니는 그것을 시장에 내다 팔았다.

　서울이 다시 탈환되자 미군부대도 서울로 이동했다. 나는 어머니를 대전에 두고 홀로 서울로 다시 돌아왔다. 아침 일찍 일어나 미군 부대가 주둔해 있는 성동중학교까지 가서 구두닦이를 하고 온 후 학교에 갔다. 피곤하고 힘들었지만 구두닦이를 하면서 학교를 다녀도 즐겁고 재밌었다. 그러던 중 미군부대는 다시 영등포로 이동했다. 나는 미군부대를 따라 학교를 영등포종합중학교로 전학을 갔다.
　나는 키다리 미군을 좋아했다. 키다리 미군도 나를 귀여워하며 자식처럼 여겼다. 사령관인 키다리 미군은 서양고

전음악을 즐겨듣곤 했다. 나도 미군 아저씨를 따라 클래식에 빠져 들었다. 키다리 미군은 그런 나를 보며 입버릇처럼 말했다.

"태상, 네가 음악공부를 하겠다고 하면 내가 너를 미국의 줄리아드음대에 꼭 보내주마."

나는 키다리 미군이 고마웠지만 아무 말도 할 수 없었다. 음악에 조예가 깊고 한국을 사랑하던 키다리 미군은 근무기한을 마치고 미국으로 돌아가게 되었다고 내게 넌지시 말했다. 나는 몹시도 서운했다. 가슴 한편이 서늘하고 뭔지 모를 허전함이 밀려왔다. 나를 자식처럼 사랑해 준 키다리 미군이었다. 일찍 돌아가신 아버지를 대신해 의지해 왔던 키다리 미군이 한국을 떠난다고 생각하니 일찍이 느껴보지 못한 격한 감정들이 밀물처럼 밀려왔다.

한국을 떠나기 전 키다리 미군은 나를 자신의 집무실로 불렀다. 나는 이별을 짐작하고 결코 약한 모습을 보이지 않겠노라고 다짐했다. 키다리 미군은 사람 좋은 미소를 내게 보내며 의자에 앉으라고 했다.

"난 미국으로 돌아가는데 너에게 한 가지 제안을 할까 한다."

"……."

"난 너를 처음 본 순간부터 가슴이 뛰었단다. 너를 친자식처럼 생각하고 있었어. 나와 함께 미국으로 간다면 양자로 삼고 입양을 해서 공부를 시켜주겠다. 너의 생각은 어떠니?"

"입양이요?"

나는 순간 숨이 멎는 듯 했다. 어떤 대답을 해야 할지 도무지 판단이 서질 않았다. 나를 사랑해주는 키다리 미군을 따라 미국으로 가야 할지 말아야 할지 대답이 떠오르지 않았다. 하지만 내 의지와 상관없이 대답은 이미 목구멍으로 나오고 있었다.

"저를 그렇게까지 생각해 주시니 고맙습니다. 그렇지만 어머니께 여쭈어봐야 해요."

"그래? 어머니는 어디 계시지?"

"대전에 계세요."

"그럼 시간을 줄 테니 대전에 가서 어머니께 여쭙고 와라."

키다리 미군의 제안을 가지고 나는 다음날 대전으로 내려갔다. 시장에서 좌판을 벌이고 양키물건을 팔고 있던 어머니는 나를 보자 대견해하며 반갑게 맞아 주셨다. 나는 순간 아무것도 선택할 수 없음을 직감했다. 가엽고 가여운 어머니를 두고 멀리 떠날 수 없다는 사실을 깨달을 수밖에 없었다. 어머니의 손을 만지며 나는 아무 말도 못하고 그날 밤 서울행 기차를 탔다. 한숨 못자고 뜬눈으로 서울역에 내려 미군부대를 찾아갔다.

"사령관님 죄송합니다. 어머니가 미국 가는 걸 반대 하세요."

어머니에게 미국행은 이야기도 꺼내지 않았지만 나는 사령관에게 거짓말을 했다. 가슴은 무엇인지 모를 감정들이 뒤엉켜 울음이 되어 나왔다. 키다리 미군은 한동안 아무 말도 하지 않았다. 침묵은 길어지고 나는 몸 둘 바를 몰라 괜히 손톱만 뜯고 있었다.

"그래, 어머니는 이 세상에 오직 하나뿐이란다. 너의 선택이 옳다."

"사, 사령관님 죄송해요."

"부디 공부 열심히 해서 좋은 나라 만들기 바란다."

키다리 미군이 떠나는 날 아침, 낯설지 않은 지프차가 내 앞에 서더니 키다리 미군이 내렸다.

"아주 좋은 내 친구에게 너를 부탁했다. 이 차를 타거라."

키다리 미군은 눈물을 글썽이며 내 어깨를 다독였다. 그의 손길이 닿자 나는 터질 것 같은 울음을 들키지 않으려고 고개를 숙였다. 떠나는 키다리 미군에게 약한 모습을 보이지 않으려고 다짐하고 또 다짐했다. 나는 지프차에 올라 키다리 미군에게 손을 흔들었다. 키다리 미군은 멀어져 갈 때까지 손을 흔들고 있었다. 나는 다시 뒤를 돌아보았다. 키다리 미군이 보이지 않았다. 그제야 나는 소리를 내어 엉엉 울기 시작했다.

나를 태운 지프는 달리고 달려 서대전에 도착했다. 나를 맡아 주기로 한 사람은 유엔의 한국원조기구 부사령관이었다. 그 밑에 있는 임원들은 여러 나라에서 파견된 민간인들이었다. 부사령관 숙소에는 이미 하우스보이가 있었는데 도둑질을 하고 떠나버렸다고 했다. 나는 떠난 하우스보이 자리를 대신하게 되었다. 나는 부사령관의 배려로 대전의 피난종합학교에 다니게 되었다.

부사령관은 1차 세계대전과 2차 세계대전에 참전했던 영국군 퇴역 대령이었다. 2차 세계대전 때 일본군의 총검에 찔린 흉터와 몸속에서 빼내지 못한 총알이 박혀 있다고 했다. 퇴역 후 뉴질랜드 주지사도 지낸 부사령관은 나를 무척이나 사랑해주고 귀여워해주었다. 가끔 미군장교클럽에 나를 데리고 가서 테이블 위에 세워놓고 영어로 연설을 시키기도 했다. 나는 영어를 꽤 잘했고 영어연설에도 자신이 있었다.

"태상, 내가 영국으로 떠나면 함께 가자, 네가 원한다면 옥스퍼드대학도 보내줄 거야."

부사령관은 나에게 입버릇처럼 영국으로 가자고 했다. 하지만 나는 어머니를 두고 갈 수가 없었다. 그러던 어느 날 부사령관이 쓰러졌다. 술과 담배를 즐겨했던 부사령관은 귀국날짜를 육 개월 남겨놓고 암으로 세상을 떠나고 말았다. 나는 울지 않았다. 어느덧 부성에 대한 감정이 무뎌지고 있었는지 모른다. 다섯 살에 떠난 아버지, 미국으로 돌아간 키다리 미군, 그리고 암으로 죽은 부사령관은 모두 내게 부성을 알게 해주었다. 나는 부성이라는 아버지들의 이름을 부르며 덧없는 삶의 노래를 부르지 않을 수 없었다.

우리 삶은 꿈이어라.

꿈이어라 꿈이어라.

우리 삶은 꿈이어라.

꿈속에서 꿈꾸는

우리 삶은 꿈이어라.

우리 삶이 꿈이라면

우리 서로 사랑하는

가슴에 수놓는

사슴의 꿈이어라.

우리 삶은 꿈이기에

꿈인 데로 좋으리라.

우리 삶이 꿈 아니라면

그 어찌 사나운 짐승한테

갈가리 찢기우는 사슴의

슬픔과 아픔을 참아

견딜 수 있을까?

숨이어라 숨이어라.

우리 삶은 숨이어라.

숨 속에서 숨쉬는

우리 삶은 숨이어라.

우리 삶이 숨이라면

우리 모두 하늘 우러러 숨쉬는

사슴의 숨이어라.

우리 삶은 숨이기에

숨인 대로 좋으리라.

우리 삶이 숨 아니라면

그 어찌 사나운 비바람

천둥번개 무릅쓰고 뛰노는

사슴의 기쁨과 즐거움을

마냥 맛볼 수 있을까?

우리 서로 사랑하는

가슴이 준 말

'사슴'이 되어라.

아테나 그녀, 무질서와 질서 사이에서 길을 찾다.

세 번째 그녀, 진선미

진선미 그녀, 진리를 탐하다

그것은 신념이었다. 종교라는 믿음의 신념이 아니라 갈고 닦아서 본질을 들여다보고 싶은 신념으로 시작한 학문이었다. 수재라는 칭호는 늘 나를 따라다녔지만 나는 모두가 선호하는 서울대 법대나 경제학부를 가지 않았다. 대신 돈벌이도 되지 않고 인정도 받지 못하는 서울대 종교학과를 선택했다.

역사와 문화를 통해 종교의 참다운 모습을 규명하고 싶었다. 다양한 종교현상들이 지닌 복합성과 보편성을 고찰하고 종교문화를 성찰하는데 즐거움이 있을 것이라는 신념은 이미 고등학교 때부터 싹터 왔었다. 그러니까 내가 법대나 경제학부를 선택하지 않은 것은 자연스러운 것이었다. 인간 본질 속에 내재된 종교성을 분석하고 해석하는 공부는 그야말로 내 적성과 궁합이 잘 맞았다. 나는 스무 살의 청춘을 이 공부를 위해 아낌없이 소비했다.

나는 종교학에 대한 공부뿐만 아니라 외국어에 대한 관심도 많아 영어는 물론이고 일어, 독일어, 불어, 스페인어까지 공부했다. 그리고 더 나아가 세상의 모든 종교를 공부해보고 싶어 라틴어, 희랍어, 히브리어, 노어, 중국어, 아랍어도 배웠다.

그렇게 배우다 보니 여러 외국어를 잘한다는 소문이 쫙 퍼졌다. 서울대 학생들이 나에게 서로 과외를 받겠다고 찾아왔다. 뿐만 아니라 기업체 대표들도 찾아왔고 별을 단 군대 장성들도 찾아왔다. 나는 그들에게 개인교수를 하면서 돈을 벌어 학비에 보태고 어머니께 용돈도 드릴 수 있었다.

봄학기가 끝나갈 무렵, 기독교개론 시간에 있었던 주임교수의 강의는 충격적이었다. 근엄하기로 유명한 주임교수는 기독교개론에 대한 강의를 접어두고 대뜸 가당치 않은 논리로 기독교를 옹호하기 시작했다.

"세계의 모든 종교 가운데 기독교만 참 종교이고 나머지는 다 미신입니다."

주임교수의 강의에 나는 종교에 대한 회의에 빠졌다. 종교학을 가르치는 것이 아니라 특정 종교를 가르치는 교수의 독단적 행위는 무책임했다. 기독교만이 참 종교이고 나머지는 모두 미신이라는 것을 받아들을 수 없어 혼돈에 휩싸였다.

"기독교도 다 기독교가 아닙니다. 기독교 중에서도 여러 신교 교파가 있는데 그중 감리교만이 진짜입니다. 나머지는 모두 이단이고 가짜입니다."

주임교수는 얼굴빛 하나 변하지 않고 쩌렁쩌렁 하게 소리쳤다. 강의실 안은 주임교수가 교주라도 되는 양 아무도 토를 달지 못한 채 눈만 멀뚱멀뚱하며 강의를 듣고 있었다.

"기독교인도 다 기독교인이 아닙니다. 기독교인이 천 명이면 구백 구십 명은 다 가짜 신자입니다."

나는 도무지 말도 안 되는 강의를 들을 수 없었다. 참다못해 벌떡 일어나 주임교수를 향해 소리쳤다.

"교수님, 그게 말이 됩니까? 내가 믿는 종교가 소중하고 신성하면 다른 사람이 믿는 종교도 소중하고 신성한 것이 아닙니까?"

"태상, 그게 무슨 말인가?"

당황한 주임교수가 나를 노려보며 자신의 권위에 도전한 것을 용납하지 않겠다는 표정을 지었다.

"우리나라 기독교는 장로교와 감리교의 교세가 가장 큰데 기독교인들은 사실 그 차이조차 인식하지 못하고 있습니다. 그런데 교수님께서는 기독교만이 참 종교이고 그 중에서도 감리교만이 진짜 종교라고 하시니 이는 결코 지식인으로서 옳은 말은 아니라고 생각합니다. 교수님 말씀을 듣다 보니 차라리 기독교가 없었다면 십자군 전쟁으로 수많은 사람들이 죽지 않았을 것입니다."

주임교수의 얼굴은 홍당무가 되었다. 자신의 신념을 조롱하는 것처럼 들렸는지 갑자기 소릴 질렀다.

"사탄아 물러가라."

나는 졸지에 사탄이 되었다. 최고의 대학에서 최고의 강의를 듣고 싶었던 나는 치졸하고 편협한 시각의 강의를 듣고 있는 자신이 한심했다. 독단적이고 독선적인 강의를 더이상 참을 수 없어 강의실 문을 박차고 뛰어 나왔다.

고등학교 시절 동대문 밖 보문동에 살 때 동부성결교회 학생회장을 했었다. 주일학교 선생님이었던 네 살 연상의 누나를 짝사랑하면서 하나님과 교회만이 나를 구원해 줄 것이라고 믿었었다. 그런 내가 대학에서 받은 강의는 혼란 그 자체였다. 나는 집에서 두문불출했다. 이 문제를 해결하지 않고서는 종교학을 배울 용기가 나지 않았다.

  스무 살 언저리의 들끓는 젊은 혈기도 꾹 누른 채 수도사보다 더 절제된 생활을 하면서 교회를 다니고 있었지만 이건 정말 아니라는 생각이 들었다. 주임교수의 강의는 내게 교회를 부정하는 정신적 씨앗이 되었다. 종교가 무엇인지 알고 싶어 공부한 학교에서 종교를 부정하게 만든 교육을 받는다는 것은 아이러니중의 아이러니가 아닐 수 없었다.
  나는 이제 교회를 졸업할 때가 되었다고 생각했다. 교회라는 틀을 깨고 나와 더 너른 세상으로 나가고 싶었다. 나에게 사탄은 물러가라고 소리치던 그날 이후 나는 종교에서 자유로워졌다. 정확하게 말하면 기독교에서 자유로워졌다고 말해야 옳다. 그 교수의 강의를 보이콧 하고 나는 즐겁고 신나는 자아발견과 무한한 호기심으로 인생탐험에 나섰다.

그즈음 도서관을 즐거운 놀이터로 삼고 책읽기에 몰두했다. 그동안 시간이 없어 읽지 못했던 책들을 책상 위에 쌓아놓고 밤이 깊어가도록 읽고 또 읽었다. 책 읽는 즐거움은 학문하는 즐거움보다 더 큰 기쁨을 주었다. 책으로 완성된 세상의 정보들을 나의 지식으로 만들어갔다. 그러다가 지식보다는 지혜를 깨달아야겠다는 생각에 이르게 되었다.

 나는 거리로 나갔다. 종로 단성사에 가서 영화를 보고 영화에 대한 나름대로의 평론을 하면서 앎에 대한 사랑을 넓혀갔다. 세상은 넓고 할 일은 많은데 나는 좁은 식견을 가진 학자 밑에서 답답한 학문을 답습하는 일은 견디기 어려운 일이었다. 그에 비해 영화를 보고 책을 읽고 사람들을 만나는 일은 살아있는 생생한 체험이며 공부였다. 초등학교 다닐 때 선생님이 해 주신 말씀이 늘 잊히지 않았다. 어린 우리들을 앞에 놓고 선생님은 천천히 아이들 눈을 마주보며 말했다.

"세상을 물 흐르듯이 살아야 한다."

"물 흐르듯이 사는 게 뭐예요 선생님?"

"물은 모든 것들을 거스르지 않는단다. 계곡을 만나면 계곡을 따라 내려오고 강물을 만나면 강물이 되어 흐르고 낭

떠러지를 만나면 폭포가 되어 떨어지지. 착한 것은 물과 같단다. 물은 만물을 이롭게 하니까 다투지 않고 세상과 친하게 지낸단다. 그러니 너희들은 물과 같은 사람이 되어 물 흐르듯이 살아야 한다. 또 하나는 세상살이는 산을 오르는 것과 같단다.

 산꼭대기를 향해 쉼 없이 오르는 것이야. 마음껏 즐기면서 가는 것이 인생이다. 바람이 불면 바람이 부는 대로 비가 오면 비가 오는 대로 걸어야 한다. 그렇게 걷다보면 아름다운 풍경도 볼 수 있고 새소리도 들을 수 있어. 흐르는 냇물에 손발을 적셔가면서 다람쥐, 사슴과 친구도 되면서 산을 오를 수 있단다. 그렇게 산을 오르다 보면 어느 날은 무지개도 볼 수 있고 또 어느 날은 총총총 빛나는 별들을 볼 수도 있지. 그렇게 인생이라는 산을 오르노라면 온 세상 천지가 한없이 신비롭고 아름답다는 것을 알 수 있단다.”

 지성의 전당에서 학문보다 실천적인 삶을 살고 싶었던 내 청춘은 진선미를 향해 한 걸음 한 걸음 걸어 나아갔다. 인생에서 읽어야 할 책들을 그 시절에 다 읽었을 만큼 엄청난 양의 독서로 청춘을 불태웠다. 멀리 가기보다 무엇을 보고 가느냐를 선택한 나는 졸업을 하기 전에 대통령 비서직을

천거 받아 놓았다. 나는 많은 생각을 하다가 거절했다. 간신배, 아첨꾼 모리배들의 인의 장막에 가려 국정을 제대로 운영하지 못하고 있는 이승만 대통령에게 직언을 하고 제대로 정치를 할 수 있게끔 대통령을 돕고 싶었지만 그것 또한 부질없는 일이라는 걸 깨달았다.

1959년 졸업을 한 나는 1961년 자원하여 군대에 입대를 했다. 논산에서 훈련을 받고 부관학교를 거쳐 수도사단 비행참모부에 배속되었다. 나는 미군과 한국군 정찰기와 헬리콥터가 많이 이착륙하는 비행장에 근무를 했다. 영어를 자신 있게 잘 한 나는 미군과 한국군의 통역을 맡았다.

통역이 마음에 들었는지 미8군 사령관의 눈에 띄어 경기도 부천에 있던 미화학창과 547공병단의 카투사로 가게 되었다. 말이 좋아 카투사지 수백 명의 미군을 위해 카투사들과 한국 민간인들이 부대의 궂은일들을 도맡아 했다. 식당 식기를 닦는 일, 잔디를 깎는 일, 길을 쓸어 내는 일, 짐을 부리고 나르는 일 등 온갖 잡일들을 머슴같이 했다. 미군들은 그런 한국인들을 보며 좀도둑이라고 놀려댔다.

슬리키 보이즈

미군부대 안에는 엄청난 보급물자가 쌓여 있었다. 물자도 풍부하고 시설도 좋아서 그런지 카투사들은 이 부대에 입대하지 못해 안달했다. 하지만 약소국인 우리나라를 노골적으로 차별하고 멸시하는 것은 눈뜨고 볼 수가 없었다. 힘 없는 나라의 국민으로 태어나 떳떳하게 항의하거나 반박할 수 없음이 안타까웠다. 나는 행동하는 지성인이 되어야겠다고 생각했다. 행동하지 않는 지성은 죽은 지성이다. 카투사 전우들에게 공개서한을 돌리기로 했다.

> 우리는 사람이다. 미군도 사람이고 한국군인도 사람이다. 사람은 사람으로서 사람답게 행동하고 살아야 한다. 그래야 사람대접을 받을 수 있다. 우리가 한국인을 대표해서 미군에게 훌륭한 인간 사절이 되어보자.

공개서한은 상급자에 발각되어 주동자인 나는 징계대상이 되었다. 군대내의 부정부패와 적폐는 이런 애국을 가만 두지 않았다. 그저 힘 있고 권력 있는 자들의 앞잡이가 되어 자신들의 이익만을 추구했다. 결국 나의 공개서한은 삼일천하로 끝나고 말았다. 그렇다고 가만히 앉아 있을 수 없었다. 상관들은 나를 몰아내기 위해 나를 신임했던 미군 사령관에게 음해하는 민원까지 넣었다. 나는 자진해서 카투사를 그만두고 한국군으로 돌아가라는 경고장을 몇 차례 받았다. 하지만 부당한 일에는 절대로 물러서지 않는 성격을 지닌 나는 그들의 경고를 무시했다.

어느 날 밤, 껄렁껄렁한 일당들이 나를 불러냈다. 이들은 부대 내에서도 질이 안 좋기로 소문난 깡패출신들이었다. 누구의 사주를 받은 것인지 짐작이 갔다. 야산으로 나를 끌고 간 일당들에게 포위되었지만 나는 기죽지 않았다. 호랑이에게 물려가도 정신만 바짝 차리면 살 수 있다는 옛말은 틀린 말이 아니다.

"야, 너 왜 깝치고 지랄이냐?"

"깝쳐야 할 때 깝치지 못하는 건 겁쟁이지"

나는 눈을 똑바로 쳐다보며 주눅 들지 않고 당당하게 말했다. 당당한 내 말에 덩치 큰 깡패들의 눈빛이 흔들리는 것을 나는 보았다. 그들도 눈이 있고 머리가 있으면 부당한 대우를 받는 같은 민족에게 애정이 가는 건 인지상정 아니었을까.

　호랑이 굴에 들어갔다가 살아 돌아온 나는 다시 한국군 카투사 전원에게 투표로 공개서한에 대한 신임을 물었다. 만일 대다수가 이 일을 못마땅하게 여겨 불신임 투표를 한다면 나는 자진해서 떠나겠다고 했다. 투표를 열어보니 절대다수가 혁신적인 과업을 추진해서 완수해 달라는 신임을 했다. 이 일로 나를 모함했던 사람들 몇몇이 한국군으로 귀대발령이 났다. 그중 몇 명이 나를 찾아와 미 사령관에게 청원해서 발령을 취소시켜 달라고 간곡히 청하는 바람에 나는 그들의 청을 들어주었다. 이 사건으로 파견 대장만 추방되었다.

　그 후로 부대에서는 추방된 대장 후임으로 다른 한국군 장교가 부임해 오는 것을 거절하고 나를 일등병에서 2계급 특진시켜 책임 하사관으로 임명하고 카투사 파견대장업무를 수행하도록 했다. 나는 군내부의 적폐를 청산하고 카투사의 기강을 바로잡은 후 카투사의 권익을 위해 미군을 상대로 싸움을 시작했다. 오만방자한 미군들을 깨우쳐 보리라는 다짐으로 주한미군 장병들에게 영문으로 공개서한을 띄웠다.

미군이 한국에 주둔하고 있는 것은 미국의 국익을 위해서다. 미·소 냉전체제 하에 남한을 미국의 최전방 보루로서 확보하기 위한 것이지 구세주나 산타클로스처럼 자선을 베푸는 것이 아니다. 우리를 돕는다는 미명 하에 한국을 미국의 식민지화하거나 예속시키자는 것이 아니지 않는가? 한국인의 단점과 결점을 찾아 흉보면서 자존심을 짓밟아 반미 감정을 불러일으키자는 것은 더욱 아니지 않는가? 자신의 인격보다 제 부모나 나라의 힘을 과시하고, 뽐내고 허세부리는 것 같이 유치 무쌍한 일이 어디 있겠는가. 정말로 큰 사람은 작고 미천한 소인을 대하는 태도에서 자신의 위대함이 나타나는 법이다. 어떤 선물이든 선물 그 자체보다 그 선물을 주는 방식이 그 사람의 인격을 더 잘 나타낸다는 것이다. 예수의 말처럼 사람은 빵만으로 사는 동물이 아니라는 사실을 잊지 말자.

이렇게 공개서한을 띄우긴 했지만 반발도 걱정을 해야 했다. 하지만 의외로 반응이 좋았다. 나를 지지하는 사람들이 많다는 것에 나는 안도를 하면서 스스로 자기 자신을 지키지 못하면 아무도 관심을 가져 주지 않는다는 사실을 모두에게 깨우쳐 줄 수 있었다는 사실에 만족했다. 이 사건으로 카투사의 사기를 높이고 미군과 우의를 다지면서 친목도

도모하여 군에 공헌 한 바가 크다며 미 사령관으로부터 감
사표창장을 받았다.

　나는 누군가 떠먹여 주는 것을 싫어하는 기질을 갖고 있
다. 내 스스로 먹을 수 있는 자존으로 세상을 살려고 노력
했다. 무엇보다 지성과 감성과 의지로 학문을 연구하고 청
춘을 헛되이 보내지 않았다.

진선미 그녀, 진리를 탐하다.

코스모스 그녀, 천국의 맛이다

그녀, 뜨겁다. 태양보다 더 뜨거웠다. 온몸이 타들어갔다. 영혼까지 타들어 가고 있었다. 견딜 수 없는 뜨거움, 그 뜨거움에 나는 타오르고 있었다. 두 눈을 감았다. 이제 뛰어 내리기만 하면 모든 것은 완벽했다. 나는 그 완벽함을 위해 절벽 위 바위에서 뛰어 내렸다.

찰나였다. 허공을 날고 있는 찰나가 영원처럼 느껴졌다. 그러나 찰나가 없는 영원이 무슨 소용 있겠는가. 영원이 없는 찰나가 또 무슨 의미가 있단 말인가. 나는 모든 걸 얻기 위해 모든 걸 버렸다. 나의 불완전은 완전을 위해 불행을 담보하지 않을 수 없었다. 이건 변명이 아니다. 진심이었다.

나는 천천히 바다 속으로 침잠해 들어갔다. 정신이 혼미해져 갔다. 혼미해져가는 정신을 붙잡지 않았다. 어서 빨리 정신이 몸과 함께 저 깊은 바다 속으로 들어가 정지하기를 바랐다. 숨은 점점 멎어가고 정신은 더 혼미해져갔다.

아, 나의 코스모스…….

모든 것이 정지된 것 같았다. 시간도 정지 되었다. 바다 속은 우주를 열고 처음 지구로 들어온 어머니의 자궁처럼 편안했다. 탄생과 죽음이 한 몸이라는 사실이 떠올랐다. 마지막 숨까지 빠져 나가고 나는 소멸하고 있었다. 그녀가 보였다. 환하게 웃고 있는 그녀를 잡으려고 손을 내밀었다. 연기처럼 그녀가 사라지고 있었다. 그리고 모든 것이 정지 되었다.

"정신이 듭니까?"

흰 가운을 입은 늙은 의사가 나를 내려다보고 있었다. 흰 벽, 흰 침대, 흰옷을 입은 사람들이 나를 둘러싸고 걱정스러운 얼굴을 하고 있었다. 나는 다시 눈을 감았다. 살아있다는 사실을 인정하기 싫었다. 죽음으로 끝내고 싶었던 인생이었는데 다시 시작해야 하는 출발점으로 돌아왔다.

"기적입니다. 기적이 아니라면 목숨을 구할 수 없었지요."

나는 아무 말도 듣고 싶지 않았다. 기적이라거나 운명이라거나 하는 언어유희를 듣고 있는 내 자신을 용납할 수 없었다. 부드럽고 온화한 늙은 의사의 목소리가 흰 가운처럼 따뜻하게 느껴지지 않았다. 그토록 뜨겁던 태양은 유리창 너머로 온화하게 비치고 있었다.

"이태상 씨, 척추를 크게 다쳤습니다. 수술하고 입원생활을 오래 해야 할 겁니다. 후유증도 감수해야 하니까 마음 단단히 먹어야 합니다. 인명은 재천이지요. 구사일생이라는 말은 이태상 씨를 두고 하는 말인가 봅니다."

나는 의사의 말을 한귀로 흘려들으며 태양이 뜨겁다는 것이 정말 사실일까 하는 생각을 했다. 그녀처럼 뜨거운 태양을 피해 바다로 뛰어들지 않았다면 태양이 뜨겁다는 생각은 사실이 아니라 관념이었다는 것을 알지 못했을지 모른다. 나는 의사에게 어떻게 다시 살아났는지를 묻지 않고 유리창 밖의 햇살만 바라보았다.

"난 지금 쫓기고 있어요. 서울을 떠나야 합니다."

그녀는 서울을 떠나야 하는 나에게 조용히 단테의 신곡 원서 한 권을 내밀었다. 이승만 퇴진을 외치며 선봉에 서서 했던 학생운동이 문제가 된 나는 요주의 인물로 찍혀 경찰에 쫓기고 있었다. 그런 나를 보는 그녀의 눈에 눈물이 고였다. 천사처럼 고운 그녀를 위해 나는 해줄 수 있는 것이 없었다. 쫓기고 있는 몸을 숨기러 떠나는 일밖에 할 수 없었다.

혼란의 격동기를 살아야 하는 우리들의 청춘이 가여웠다. 겨우 식민지를 벗어나는가 했더니 한국전쟁이 터졌다. 그리고 전쟁의 상흔이 채 가시기도 전에 독재정권에 항거해야 했다. 이 처절한 운명을 지닌 것이 가여워서 그녀와 나는 서로 말을 잇지 못하고 있었다.

"서울의 봄이 오기 전 꼭 만납시다. 이월에 꼭 다시 오겠습니다."

겨울이 아무리 길다 해도 봄은 반드시 온다는 것은 변함없는 사실이 아니던가. 나는 봄이 오기 전에 그녀에게로 돌아갈 것을 약속했다.

"영원한 사랑 베아트리체를 기억해 주세요."

고개를 숙인 그녀는 울고 있었다. 나의 그녀가 울고 있었던 것이다. 나는 울고 있는 그녀를 두고 서울을 떠났다. 마치 단테처럼 그녀를 떠나 지옥으로 가고 있는지 모른다. 그녀가 말한 것처럼 나는 영원한 사랑 베아트리체를 다시 만날 수 있을 것이다. 그녀는 희망이다. 나에게 에너지를 주는 희망, 희망을 주는 희망 그 자체였다.

나는 강원도 오지 고성으로 들어가 몸을 숨겼다. 보이는 건 바다밖에 없는 고성에서의 시간은 더디 갔다. 쫓기는 몸이 할 수 있는 일이란 숨어서 시간을 삭히는 일밖에 없었다. 겨울이 지나고 있었다. 봄이 오기 전에 그녀와의 약속을 지켜야 했지만 서울로 돌아갈 수 없었다.

기다렸을 그녀를 생각하니 마음이 찢어졌다. 약속을 지키지 못하는 못난 놈이 되어버린 내 자신에게 화가 났다. 쫓기는 몸만 아니었어도 약속을 지킬 수 있었을 텐데 어지러운 시절은 내게 사랑을 지킬 수 없게 만들었다. 나는 그녀에게 편지를 썼다. 보고 싶어 미칠 것 같은 그녀, 밤마다 그리움을 삭히면서 수없이 불렀던 그녀였다. 그녀를 향한 뜨거운 사랑을 감출 수 없던 나는 펄펄 끓는 뜨거운 피의 혈서를 써서 보냈다.

약속을 지키지 못해 미안합니다.

하지만 기다려 주십시오.

간곡히 부탁드립니다.

혈서를 보내놓고 나는 그녀를 잊지 못해 시름에 잠겨 있었다. 얼마나 지났을까. 그녀에게서 답장이 왔다. 나는 답장을 뜯지 못하고 며칠을 품에 안고 있었다. 어떤 내용의 답장인지 알 수 없는 불안감이란 사람을 작고 초라하게 만들었다. 결심을 하고 나는 답장을 뜯었다.

저를 잊어 주세요.

이 짧막한 문장 하나만 덩그렇게 쓰여 있는 편지를 읽고 나는 스르르 무너지는 내 영혼의 소리를 들어야 했다. 목숨을 걸고 싸웠던 학생운동 때문에 쫓기는 몸이 되었어도 견딜 수 있었다. 그녀가 있었기 때문이었다. 그녀는 내게 마지막 희망의 불빛이었다. 그 불빛이 꺼졌다. 짧막한 한 줄의 문장으로 불빛은 사그라지고 다시 살아나지 않았다. 깜깜한 절망뿐이었다. 아무것도 할 수 없는 내 자신이 원망스러웠다. 그녀와 함께한 행복이 떠나가고 그녀와 이별한 불행이 나를 죽음의 절벽으로 몰고 가고 있었다.

그녀를 처음 만나던 날 나는 마음속으로 그녀를 코스모스라고 불렀다. 열다섯 살 소년이 전쟁의 포화 속에서 처음 만났던 코스모스처럼 그녀는 코스모스를 닮았었다. 무너진 건물 사이에 함초롬히 핀 코스모스를 바라보기 위해 허리를 굽힌 순간 쏟아지는 총알을 피할 수 있었던 그 코스모스를 닮은 그녀였다.

그녀는 내게 목숨이었다. 코스모스가 목숨이었던 것처럼 그녀도 내게 목숨이었다. 나는 나의 목숨같이 그녀를 사랑했다. 나는 니체의 말처럼 삶을 사랑하는 것은 삶에 익숙해서가 아니라 사랑에 익숙해졌기 때문이라는 말을 알 것 같았다. 삶이 사랑을 정당화하는 것이 아니라 사랑은 창조적인 것이라는 것을 그녀를 통해 알았다. 사랑의 의지는 삶을 사랑스럽게 해주었다. 그녀는 내게 사랑 그 자체였다.

"아, 더 이상 살 희망이 없구나."

나는 그날 바닷가 언덕으로 올라갔다. 태양이 나를 뜨겁게 태우고 있었다. 태양이 내 등을 떠밀었다. 나의 기억장

치엔 그렇게 기록되어 있었다.

 극적으로 구조된 나는 목숨은 건졌지만 척추를 크게 다쳐 불구가 될지 모른다는 진단을 받았다. 나는 죽지 않고 살아난 것에 대한 괴로움이 날로 더해갔다. 그녀는 떠났고 나는 죽었다가 다시 살아났다. 이건 반칙이었다. 사랑에 대한 반칙이었고 운명에 대한 반칙이었다. 생명은 운명을 이기는 것인지 모른다. 나는 긴긴 투병생활로 지쳐가고 있었다.

 어느 날, 문득 펴든 신문에 4.19 의연금 기부자 명단이 눈에 들어왔다. 무심히 보다가 그녀의 이름을 발견했다. 나는 직감으로 그녀가 나를 위해 의연금을 기부했다는 것을 알 수 있었다. 그녀는 내가 4.19 혁명에 동참했다가 희생된 것이라고 생각해 기부했을 것이다. 아, 나의 그녀는 나를 잊지 않고 있었던 것이다. 나는 목이 메었다. 눈물이 났다. 그리고 행복했다. 사랑의 힘이다. 나를 다시 일으켜 세우는 사랑의 힘 앞에 나는 만세를 불렀다. 오, 인간의 간사함이여. 나약한 인간인 나는 죽음과 삶이라는 두 줄기 강에서 간사하게도 삶의 강을 찬미하고 있었다.

　그녀가 나를 배신한 것이 아니라는 확신이 들었다. 그녀는 구원자였다. 나를 구원하는 사랑의 메시아, 영원한 사랑 베아트리체였다. 나는 그 후 몇 차례의 척추 수술을 받으면서도 행복했다. 일 년 넘게 병원생활을 하면서 그녀에게 연락을 하지 않았다. 다 낫게 되면 예전의 모습을 되찾아 그녀를 찾아가고 싶었기 때문이다.

　그렇게 긴 병상 생활을 거의 마칠 무렵 나는 그녀에게 편지를 썼다. 다시 만날 수 있는 기회를 준다면 이 세상이 끝나는 날까지 변함없는 사랑을 실천하겠노라는 편지를 그녀가 다니는 학교로 보내고 행복한 마음으로 매일 매일을 기다렸다. 이제 몸도 회복되어 가고 마음도 다 치유 되었다. 나는 기다리는 마음을 즐겁게 즐겼다. 그러나 답신은 오지 않았다.

　나는 그녀가 다니는 학교를 찾아갔다. 내가 보낸 편지는 학과 우편함에 그대로 있었다. 그 편지를 다시 꺼내서 그녀의 집주소를 물어물어 찾아갔다. 그녀는 초췌한 얼굴로 나와 마주했다.

"살아 있어 줘서 고마워요."

그녀의 목소리가 떨리고 있었다. 떨리는 그녀의 목소리는 내 심장을 휘돌아 파고들었다. 듣고 싶었던 목소리, 나를 살게 해준 그녀의 목소리를 듣고 있는 이 순간이 영원히 멈추길 바랐다.

"미안합니다. 걱정 많이 했죠?"

"네, 정말 걱정 많이 했어요."

"이제 걱정 같은 건 다 날려 보내고 우리 결혼 합시다."

겁도 없이 나는 결혼이라는 말을 질러 버리고 말았다. 그녀를 다시 잃는다면 내 인생의 봄은 영영 오지 않을 것 같았다. 결혼이 사랑의 종착은 아니지만 이토록 애절한 내 마음을 그녀가 알아주기 바랐다.

"저……."

그녀는 무슨 말인가 하려다가 망설였다. 망설이는 저 몸짓, 흔들리는 저 눈빛, 무언가 불안이 엄습해왔다. 저 아름다운 입술을 열고 뛰쳐나올 말을 나는 슬프게도 예감해야 했다. 차라리 아무 말도 하지 말기를 빌었다. 그녀의 입술이 붙어서 열리지 않았으면 했다.

"미, 미안해요. 저 곧 결혼해요."

"아……."

나도 모르게 짧은 탄식이 터져 나왔다. 그녀가 곧 결혼을 한다고 망설였던 것이다. 사랑은 내편이 아니었다. 운명도 내편이 아니었다. 이 빌어먹을 사랑은 도대체 나를 고통의 바다에 빠트려 놓고 조롱하고 있는 것일까.

다시 나는 절망에 빠져 허우적거리다가 마음을 다잡고 코리아헤럴드에 시험을 봐서 수석으로 입사를 했다. 그런데 무슨 운명의 장난이란 말인가. 그녀의 남자친구가 코리아헤럴드에 있다가 막 창간한 중앙일보로 간 사람이었다. 무슨 소문을 들었는지 그녀의 남자친구가 나를 만나겠다고 찾아왔다.

"두 분이 예전에 사귀었다는 말을 들었습니다."

사내가 먼저 말을 꺼냈다. 잘생긴 외모와는 다르게 말투는 투박하고 좀 신경질 적이었다.

"네 그렇습니다."

나는 아무렇지도 않은 척 대답을 했지만 마음속에서는 그녀를 빼앗아간 사내를 경멸하고 있었다.

"우리 두 사람은 결혼할 사이입니다. 정식으로 부탁드립니다. 단념해 주십시오."

사내의 당돌함에 나는 오기가 발동했다.

"그녀가 노예라도 된다면 우리가 결투를 해서 승자가 차지하면 되겠지만 그녀는 노예가 아니라 뛰어난 지성인입니다. 그러니 우리가 결정할 일이 아니라 그녀가 선택할 일입니다."

"정 그녀의 의사를 듣고 싶으시다면 제가 따로 자리를 마련해 보겠습니다. 괜찮으시겠습니까?"

사내는 정중하면서도 자신만만했다. 가진 자의 오만함이 묻어났다. 인생을 결핍 없이 살아온 금수저의 치졸함을 감춘 말투를 응징하고 싶었지만 나는 그것도 사내의 복이라면 복이라고 생각했다.

"그럴 필요 없습니다. 제가 직접 만나서 알아보겠습니다."

나를 떠나 다른 사람과 결혼하겠다고 선언한 그녀를 만나서 확인한들 달라질 것은 없다. 나는 그 사실을 잘 알지만 그녀에게 직접 듣고 싶은 말이 있었다. 결혼 결심이 그녀의 선택이었는지 알고 싶었다.

그녀를 만났다. 그녀의 어머니가 나를 거실로 들였다. 도도함이 그녀 어머니의 온몸에 흘렀다. 그녀의 어머니는 유명한 문인이자 사회의 리더였다. 아버지도 유명한 작가였는데 육이오 때 월북했다. 그녀의 어머니에게선 선민의식으로 가득 차 있는 모습이 보였다.

"자네, 어느 대학 출신인가?"

"네, 서울대 종교학과 출신입니다."

"가족은?"

"홀어머니에 열두 남매입니다. 위 누나는 외국유학중이고 제 동생은 고등학교만 졸업하고 직장에 다니고 있습니다."

"음……."

깊은 한숨을 내 쉬는 그녀 어머니의 속마음을 나는 짐작하고도 남았다. 가난한 집안에 홀어미에 많은 형제자매들……. 무엇하나 마음에 드는 구석이 없는 나에게 그녀와 결혼을 시킬 것이란 생각은 어불성설이었다.

"자네가 내 딸의 결혼상대로 적합하다고 생각하나? 밥벌이도 안 되는 종교학과 출신에 거기다가 홀어미, 열두 남매, 대학도 안간 남동생……. 이런 최악의 조건을 가지고 내 딸을 만났다는 것 자체가 용서가 안 돼. 깨끗이 단념하고 그만 돌아가 다시는 내 딸 앞에 얼씬도 하지 말게."

"네 알겠습니다. 더 이상 괴롭히지 않겠습니다. 그동안의 무례에 대해 깊이 사과드립니다. 행복을 빌겠습니다."

나는 진정으로 그녀의 행복을 빌었다. 자의가 아닌 타의에 의한 선택이었다 해도 그녀의 선택을 존중해 주고 싶었다. 그녀는 나의 코스모스였고 나의 목숨이었기에 사랑은 변함없었다. 변하는 건 사람이지 사랑이 아니기 때문이었다. 나는 사랑을 사랑했는지 모른다.

다만 최고의 지성인이면서 문인이며 사회지도급인사인 그녀의 어머니에게 나는 실망을 금치 못했다. 일자무식자라도 인간의 본성은 선한 법인데 돈과 권력 앞에 비굴하게 자신의 딸을 넘겨 버리는 처사를 용서할 수 없었다. 가진 것은 없지만 순수하게 사랑하는 젊은 남녀를 잔인하게 떼어 놓을 수 있는지 나쁜 사람 같았다. 그러나 사람이 사람을 다 모르듯 나도 그녀의 어머니를 모른다. 그녀의 어머니도 나를 다 모른다.

"미안해요, 태상 씨."

어두운 골목 끝에서 그녀는 내게 미안하다는 말을 겨우 꺼내 놓았다. 나를 죽게 했고 다시 나를 살게 했던 그녀는 미안하다는 말로밖에 나를 위로하지 못했을 것이다. 미안하다는 것이 그녀의 진심이든 진심이 아니든 그런 것은 아무 의미가 없다. 어두운 골목길 끝처럼 남녀는 늘 끝을 가지고 있는 것이 아니던가. 그 끝에는 시작이 있고 시작은 또 끝이 있다.

"사랑했던 것만으로도 내겐 충분히 가치 있는 시간이었습니다."

나는 그녀에게 마음의 짐을 남기고 싶지 않았다. 사랑해서 행복했던 시간을 어떻게 물질로 계산할 수 있단 말인가. 고개를 숙이고 땅만 바라보고 있는 그녀에게 나는 악수를 청했다.

고마웠어요, 나의 코스모스

전정 그녀는 코스모스였다. 타는 목마름으로 간절히 염원했던 그녀였기에 나는 코스모스를 원망하지 않고 보낼 수 있었다. 생각해보니 사랑은 내게 저절로 완성되는 마음이었다. 마음은 사랑이라는 대상을 향해 뻗어 나가는 시간 같은 것이었다.

골목 끝에서 다시 돌아서 집으로 향하는 그녀의 뒷모습을 보며 나는 생각했다. 모든 뒷모습에는 인생이 있다. 그녀의 뒷모습에도 인생이 있었다. 감정의 오감을 열고 그녀는 이제 집으로 돌아가 그녀가 선택한 남자의 여자로 살아갈 것이다. 인생이라는 플랫폼에서 그녀의 기차는 나를 남겨 두고 떠났지만 나는 슬퍼하지 않기로 했다.

　나라는 작은 창으로 보는 세상이 결코 전부일 리 없다. 그렇다고 마음의 창으로 아는 세상이 결코 전부일리도 없다. 나무 한 그루, 새 한 마리, 별 하나, 사람 하나도 존재를 다 알 수 없다. 깊이를 측정 할 수 없는 것이 존재다. 나는 이제 그녀에게서 자유로워지기로 했다. 그녀를 놓고 보니 내가 보였다. 나의 코스모스, 그녀는 내게서 영원하다.

이슬 맺혀 이승이던가.

저슬 맺혀 저승이던가.

기쁨의 이슬은 이승이요.

슬픔의 저슬은 저승이네.

이슬은 백년의 기쁨이던가.

저슬은 천년의 슬픔이던가.

이승의 이슬이 저승되고

저슬의 저승이 이승되네.

코스모스 그녀, 천국의 맛이다.

해심 그녀, 공동체로 빛나는 세상의 바다

코리아헤럴드에 사직서를 냈다. 그리고 코리아타임즈로 직장을 옮겼다. 정의를 실현할 것 같은 신문기자라는 직업은 나에게 매혹적이지 않았다. 사실을 캐서 진실을 쓰는 일이 권력이 된다는 사실도 불편했다. 뉴스 리포터보다 뉴스 메이커가 되는 일이 더 매혹적이고 창조적이라고 생각했다. 얼마 가지 않아 코리아타임즈에도 사직서를 던지고 나는 즐거운 공동체 놀이터를 개장했다.

해심, 나의 즐거운 공동체 놀이터다. 화신백화점 뒤 복지다방 자리에 해심을 열었다. 해심을 열기 위해선 자금이 필요했다. 나는 코리아타임즈에 같이 근무했던 선배에게 자금을 부탁했다. 선배는 두말없이 큰 자금을 대줬다. 나는 자신 있게 일 년 안에 두 배로 갚겠노라는 공언을 했다. 즐겁게 신나게 행복하게 해심 공동체에서 누구나 바다의 마음이 되어 보자는 취지는 사람들의 마음을 움직였다.

지성과 놀이의 혼연일체를 꿈꾸는 문화유목민들이 꾸역꾸역 모여들었다. 돈이 없는 자, 돈이 많은 자, 가난한 자, 권태로운 자, 근엄한 자, 희망을 잃은 자, 희망이 넘치는 자, 사랑을 얻은 자, 사랑을 잃은 자, 혁명을 꿈꾸는 자, 혁명을 포기한 자, 예술에 미친 자, 예술을 증오한 자, 괴로움에 죽고 싶은 자, 행복해 죽겠는 자들이 모여 밤새 토론하고 밤새 술 마시고 밤새 놀았다.

"인생을 위해 건배"
"사랑을 위해 건배"
"우리들의 유토피아를 위해 건배"

낭만취객들의 흥은 그대로 시가 되고 소설이 되고 문학이 되었다. 인생나그네들은 김삿갓처럼 몰려 왔다가 김삿갓처럼 몰려갔다. 종로 한복판에서 우리들의 청춘은 불처럼 번지는 민주화를 욕망했고 불처럼 번지는 예술을 욕망했다. 빌어먹을 세상을 한탄했고 이루지 못한 이상세계를 꿈꿨다.

"우리는 역사를 새롭게 쓰는 세대가 되어야 한다. 낡은 것은 도려내고 새로운 것으로 교체해야 한다. 실천하지 않는 지성은 죽은 지성이다."

해심에 온 술꾼들은 창조와 저항으로 무장하고 세상을 바꿀 지성의 무기를 만들며 술이라는 매개체에 의지해 어지러운 시절을 건너고 있었다.

"저항하지 않는 자들은 모두 병신 머저리야."

"그렇지, 좋은 세상은 그냥 오지 않는 법이니까."

"일어서지 않으면 퇴행한다."

나는 시간 가는 줄 모르고 밤낮없이 그들과 어울렸다. 우리들은 괴테를 불러오고 니체를 불러왔다. 노자를 까고 공자를 비웃었다. 예수를 안주삼고 석가를 조롱했다. 소크라테스를 엿 먹이고 원효를 흉내 냈다.

"이백도 나한테는 질 거야. 난 열두 말도 더 마실 수 있어."

"햐, 이 선생 이백과 겨루면 이기겠는데 하하하"

누구 하나 질세라 천 년 전 이 천 년 전 사람들을 불러와 술 자랑을 하며 히히덕거렸다. 해심이 떠나가고 종로가 떠나가고 대한민국이 떠나가도록 토론하고 술을 마셔댔다.

"이백만 취하냐 나도 취한다."

"이백만 시선이냐 나도 시선이다."

세상살이 큰 꿈과 같아

어찌 그 삶을 피곤하게 살까.

이것이 종일토록 취하게 하는 까닭이네

홀연히 앞 기둥에 누웠다가

깨어나 뜰 앞을 곁눈질 해보니

한 마리 새가 꽃 사이에서 운다.

지금이 어느 때냐고 물어보니

봄바람이 나는 새라 이야기 한다.

이에 감탄하여 탄식하려는데

술을 보니 다시 또 술을 기울이네.

호탕이 노래 부르며 밝은 달 기다리니

곡은 끝나고 그 마음 이미 잊어버린다.

"이백이 박 시인으로 환생한 거 아니오? 하하하"

"아이쿠 무슨 말씀을……."

"박 시인 이 시의 제목이 무엇입니까?"

"우리처럼 봄날에 취했다가 깨어서 적은 시입니다."

박 시인은 덜 취한 목소리였다. 박 시인이 시낭송을 하자
여기저기서 휘파람을 불며 환호했다. 하나 둘 모여들며 시
를 하나 더 낭송하라고 압박을 했다.

"난 백석의 시를 듣고 싶소."

구석에서 혼자 술을 마시고 있던 사람이 다가와 박 시인에
게 말했다.

"난 고대 영문과 교수입니다. 오늘은 백석이 왈칵 그리워
지는 밤입니다. 백석의 시라도 듣지 않으면 이 밤이 가지
않을 것 같군요."

"백석은 해금이 되지 않았지요?"

"아무렴 어떻습니까. 그는 남에서도 북에서도 잊히고

있지요. 천재 시인을 우리라도 기억해야 하지 않겠습니까?"

"맞습니다. 우리가 기억해야지요."

오늘 저녁 이 좁다라른 방의 흰 바람벽에

어쩐지 쓸쓸한 것만이 오고 간다.

이 흰 바람벽에

희미한 십오촉 전등이 지치운 불빛을 내어던지고

때글은 다 낡은 무명샷쯔가 어두운 그림자를 쉬이고

그리고 또 달디단 따끈한 감주나 한잔 먹고 싶다고 생각하는

내 가지가지 외로운 생각이 헤매인다.

그런데 이것은 또 어인 일인가

이 흰 바람벽에

내 가난한 늙은 어머니가 있다.

내 가난한 늙은 어머니가

이렇게 시퍼러둥둥하니 추운 날인데

차디찬 물에 손을 담그고 무이며 배추를 씻고 있다.

또 내 사랑하는 사람이 있다.

내 사랑하는 어여쁜 사람이

어느 먼 앞대 조용한 개포가의 나즈막한 집에서

그의 지아비와 마조 앉어 대구국을 끓여놓고 저녁을 먹는다.

벌써 어린것도 생겨서 옆에 끼고 저녁을 먹는다.

그런데 또 이즈막하야 어늬 사이엔가

이 흰 바람벽엔

내 쓸쓸한 얼골을 쳐다보며

이러한 글자들이 지나간다.

나는 이 세상에서 가난하고 외롭고

높고 쓸쓸하니 살어가도록 태어났다.

그리고 이 세상을 살어가는데

내 가슴은 너무도 많이 뜨거운 것으로

호젓한 것으로 사랑으로 슬픔으로 가득 찬다.

그리고 이번에는 나를 위로하는 듯이 나를 울력하는 듯이

눈질을 하며 주먹질을 하며 이런 글자들이 지나간다.

하늘이 이 세상을 내일 적에 그가 가장 귀해하고 사랑하는 것들은 모두

가난하고 외롭고 높고 쓸쓸하니

그리고 언제나 넘치는 사랑과 슬픔 속에 살도록 만드신 것이다.

초생달과 바구지꽃과 짝새와 당나귀가 그러하듯이

그리고 또 '프랑시쓰 쨈'과 도연명과 '라이너 마리아 릴케'가 그

러하듯이

누군가는 술잔을 놓고 창밖으로 시선을 돌렸다. 누군가는
술을 마셨고 누군가는 흐르는 눈물을 소리 없이 닦았다. 백
석을 불러온 낭송을 끝낸 박 시인의 입에서는 한숨이 새어
나왔다. 덧난 상처에 소금을 문지르는 것 같은 슬픔이 해심
안의 공기를 무겁게 눌려대고 있었다. 어디 백석뿐이랴. 남
과 북으로 갈린 고통은 상실과 망각의 침묵이었다. 차마 누
구도 건들 수 없는 침묵을 꺼내 우리는 고립무원을 열고 있
었다.

"이거 공기가 너무 무겁군요. 이번엔 제가 백석의 다른 시를 한 번 읊어 보겠습니다. 하하하 지금은 기자를 하고 있지만 제가 이래봬도 신춘문예 출신입니다."

 정수리가 훤히 보이는 후배 기자가 패기 있게 일어나 분위기 반전을 시도했다. 유쾌한 목소리를 지닌 후배 기자는 금방 좌중을 휘어잡고 낭송을 했다.

가난한 내가

아름다운 나타샤를 사랑해서

오늘밤은 푹푹 눈이 나린다.

나타샤를 사랑은 하고

눈은 푹푹 날리고

나는 혼자 쓸쓸히 앉어 소주를 마신다.

소주를 마시며 생각한다.

나타샤와 나는

눈이 푹푹 쌓이는 밤 흰 당나귀 타고

산골로 졸졸이 우는 깊은 산골로 가 마가리에 살자

눈은 푹푹 나리고

나는 나타샤를 생각하고

나타샤가 아니 올리 없다.

언제 벌써 내 속에 고조곤히 와 이야기한다.

산골로 가는 것은 세상한테 지는 것이 아니다.

세상 같은 건 더러워 버리는 것이다.

눈은 푹푹 나리고

아름다운 나타샤는 나를 사랑하고

어데서 흰 당나귀도 오늘밤이 좋아서 응앙응앙 울을 것이다

"사랑을 하려면 백석처럼 해야지."

"아, 백석이 부럽다."

"이 시의 나타샤는 백석의 첫사랑 란일까요. 애제자 고순

덕일까요. 아니면 기생 자야일까요?"

"이 세상 모든 여인들이 아닐까 하하하"

밤은 깊어가고 세월은 더 깊어가는 해심에서 취생몽생하며 한마디씩 던졌다. 취하면 솔직해 지고 취하면 인생이 보인다. 취하면 권태로운 세상을 비틀어 보고 취하면 체게바라가 된다. 취하면 대통령도 되고 취하면 노숙자도 된다. 취한 밤은 사랑하기 알맞고 취한 밤은 누구나 철학자가 된다.

누구나 해심에서 철학하고 해심에서 문학했다. 주인도 취하고 객도 취하는 해심에서 밤이면 밤마다 생을 찬미했고 생을 비판했다. 장안의 골통들은 다 모여 들었다. 장안의 천재들도 다 모여 들었다. 빨갱이도 모여 들었고 파랭이도 모여 들었다. 반골도 모여 들었고 선민도 모여들었다.

해심공동체는 바다다. 바다의 심장이다. 나는 해심주를 만들어 찾아오는 사람들에게 대접했다. 찹쌀에 귤과 생강을 넣어 만든 막걸리에 꿀을 타고 솔잎을 띄운 해심주는 담론과 토론을 하기에 안성맞춤이었다. 거기다가 해산물을 넣어 만든 해심탕을 안주로 내놓으면 날이 새는 줄 모르고 토론하고 마시고 놀았다. 불철주야 주야장천 연일연야 하면서 안티예수를 외친 니체처럼 밤이면 밤마다 파계를 하며 심오한 담론을 펼쳤다.

"김 교수 자네가 철학과 교수이니까 물어 보는데 망치 든 그놈 말이야 정신병자였다지?"

강 작가는 대학에서 철학을 가르치는 김 교수에게 깔짝거리며 몸을 사리는 것이 못마땅해 술을 더 먹일 요량으로 김 교수의 심기를 긁었다.

"에이 씹할, 이 세상 정신병자 아닌 놈이 어디 있어. 우리들도 다 정신병자야. 안 그래 강 작가?"

"하하하, 철학가다운 대답일세. 근데 자네 계속 인상을 펴지 못하고 있나. 술맛 떨어지게……."

"강 작가 나도 니체처럼 극심한 편두통에 시달리고 있다네. 이놈의 편두통이 나를 옥죄고 있어. 오늘처럼 술잔을 기우릴 때는 편두통을 잊는다네. 술이 두통을 이긴다니 이 얼마나 재밌는 일인가 말일세. 니체나 나나 인생이 좆같지 빌어먹을……."

꼬부라지는 혀로 새는 말들을 억지로 밀어 넣으며 김 교수
는 앞에 있는 강 작가에게 시비를 걸었다. 눈이 풀린 강 작
가는 술잔을 잡아 입에 대려다가 떨어트렸다. 떨어트린 왕
소라 술잔이 댕굴댕굴 굴러 가다가 앞에 있는 김 교수 발아
래 멈췄다. 이미 취한 김 교수는 발밑에 있는 왕소라 술잔
을 발로 차려다가 헛발질을 했다. 그 모습이 어찌나 웃긴지
여기저기서 힐끗거리며 웃었다.

"김 교수 그거 아나? 곧은 것은 한결 같이 속인다. 진리는
하나같이 굽어 있으며, 시간 자체도 둥근 고리라고 니체는
말했지."

"그의 사상이 집약되어 있는 대작인 자라투스트라는 이렇
게 말했다도 출판을 하겠다는 출판사가 없어서 자비로 출
판했다지?"

"김 교수 자네도 자비로 철학서를 출판했잖아. 자네도 니
체처럼 처음은 미약했지만 나중은 창대할걸세."

김 교수는 대답대신 입에 술을 부었다. 그리고는 풀린 눈
으로 손목시계를 들여다보았다. 놀란 토끼마냥 눈을 비비
더니 벌떡 일어나 밖으로 나갔다. 아무도 김 교수를 잡지
않았다. 벌떡 일어나 밖으로 나가는 것은 그의 변함없는 술

버릇이었다. 친구들은 그의 술버릇이 부인 탓이라며 씁쓸해 했다. 친구들은 김 교수의 부인이 악명 높은 소크라테스의 부인 같은 여자라고 안타까워했다.

"어이, 천재 이리로 와, 같이 이 밤이 새도록 같이 마셔보세."

김 교수가 가버리자 강 작가는 옆 테이블에 있던 천재와 술잔을 기울였다.

"천재 자네도 나도 만성자살특공대지."

"강 작가님 저는 빼주세요. 그래도 일주일에 한 번은 안마십니다. 하하하"

"허허, 천재 섭섭하게 왜 그러나. 술을 안마시고 이 험한 세상 어찌 건널 수 있나. 우린 술로 대동단결한 만성자살특공대로 살자. 인생 뭐 있나. 안 그래?"

"태상아, 너도 이리와 같이 마시자."

강 작가는 후배인 나까지 불러서 죽자고 마셨다.

"태상이 후배에게 내가 진 빚이 좀 있어요."

천재 선배는 서울대 국문과 선배였다. 종교학과 출신인 내게 영어 번역을 부탁해서 여러 번 번역을 해 주었었다. 문학가로서도 이름을 날리고 젊은 나이에 신문사 논설위원이 된 그는 천재라는 별명이 붙었다. 끝없는 지적 호기심으로 모두를 놀래키는 글을 쓰고 있었다.

"자네 사상계에서도 일을 했었지?"

"네 부완혁 발행인의 요청을 받고 무보수 게릴라 편집장 일을 했습니다."

"자네야 말로 천재지. 남들은 영어 하나도 제대로 못하는데 자넨 대여섯 개의 외국어를 자유자재로 하지 않나. 그러니까 부완혁 선생님이 그 어려운 편집장 일을 맡겼겠지."

"과한 칭찬입니다. 선배님"

"장준하 선생님이 사상계를 창간해서 후에 부완혁 선생님이 이어 받았지?"

"네 맞습니다. 동서고금의 사상을 밝히는데 큰 역할을 하고 있는 잡지지요."

"나도 기억한다네. 창간할 당시 돈이 없으니까 장준하 선생님과 사모님이 자료 수집부터 원고를 직접 쓰시고 편집을 하시고 배송까지 잡지를 처음부터 끝까지 직접 하셨다고 하는데 언론계에서는 신화지……."

"육이오 전쟁이 끝나고 혼란이 정리되기 시작하자 지성에

목말라 있던 사람들이 사상계를 구매하기 시작해서 1만부를 넘어서게 되었지요."

"그래, 그랬지 그 무렵에 사상계에서 동인문학상도 만들었지."

"선배님도 신문사로 가지 않으셨다면 사상계에서 큰일을 하셨을 겁니다."

"이승만 정권이 사상계를 눈엣가시로 여겼지, 함석헌 선생님이 기고한 생각하는 백성이라야 산다라는 글을 문제 삼아서 발행인인 장준하 선생님을 국가보안법 위반 혐의로 중앙정보부가 연행해 갔지."

"그 일을 계기로 자유언론투쟁에 앞장선 장준하 선생님이 막사이사이상을 탔지요."

"술이나 먹자. 도박은 본전 생각날 때가 고비다. 인생도 그렇지"

듣고만 있던 강 작가가 내 술잔에 술을 따르며 말했다.

"하하하 선배님 저는 본전 생각이 날만큼 거기서 한 일이 없습니다."

"내가 노래 한 자락 할게."

밤은 깊어 가는데 강 작가는 노래를 부르겠다며 일어섰

다. 옆에 앉은 천재 선배는 일어선 강 작가를 그윽하게 바라보며 미소를 지었다.

Love me tender, love me sweet

Never let me go

You have made my life complete

And I love you so

Love me tender, love me true

All my dreams fulfill

For my darlin' I love you

And I always will

Love me tender, love me long

Take me to your heart

For it's there that I belong

And we'll never part

Love me tender, love me true

All my dreams fulfill

For my darlin' I love you

And I always will

Love me tender, love me dear

Tell me you are mine

I'll be yours through all the years

Till the end of time

Love me tender, love me true

All my dreams fulfill

For my darlin' I love

우락부락한 외모와는 달리 잔잔한 강물처럼 부드러운 강 작가의 목소리가 울려 퍼지자 사람들은 귀를 세우고 노래를 들었다. 목을 넘어 오는 소리는 취한 듯 취하지 않은 듯 매혹적인 음색으로 부르는 노래에 다들 심취했다.

"와우, 강 작가님 브라보"

"선배님, 작가보다 가수하면 성공하겠어요."

다들 한 마디씩 했다. 담론 끝에 노래가 있고 노래 끝에 철학이 있고 철학 끝에 우정이 있고 우정과 우정 사이에 지성의 가치가 있었다. 나라를 걱정하는 이들도 있고 자신만을 걱정하는 이들도 있다. 해심은 울타리를 치지 않았다. 누구나 오고 누구나 갈 수 있는 곳이었다. 자유를 담보로 자유의지를 실현하는 해심공동체에서 누구나 하나가 되곤 했다. 하나는 사랑의 다른 말이다. 나는 신문기자를 그만두길 잘했다. 해심공동체에서 사람과 사람 사이를 알았고 사회와 사회를 알았다. 세상과 세상을 알았고 바다의 마음을 얻었다.

일 년 만에 해심공동체는 장안의 큰 이슈가 되었고 덕분에 흑자를 낼 수 있었다. 나를 믿고 자금을 대준 코리아타임즈 선배기자에게 원금을 두 배로 갚고 이자까지 넉넉하게 드렸다.

"역시 난 기자의 촉이 있단 말이야. 자네라면 성공할 줄 알았지 하하하"

"선배님 덕분입니다. 선배님이 자금을 대주지 않았다면 불가능했지요."

"선배 후배 다 불러서 한 잔하세."

나는 선배 후배뿐만 아니라 아는 지인들을 모두 불러서 술잔이 넘치도록 돌리고 또 돌렸다. 인생이 가고 세월이 가고 시간이 가도록 우리들의 담론은 끝날 줄 몰랐다. 술이 있고 우정이 있고 좋은 사람들이 있는 해심공동체에서 우리들은 시대의 불운을 토로하고 시대의 낭만에 취해 날이 새는 줄 몰랐다.

이대로 저대로 되어가는 대로

바람 부는 대로 물결치는 대로

밥이면 밥, 죽이면 죽 생기는 대로

옳으면 옳고 그르면 그른 대로 그대로 놓여 두게

손님 접대는 집안 형편대로

시장에서 매매하는 것은 시세대로

세상만사 내 마음대로 안 되니

그렇고 그런 세상 그런 대로 살리라

　누군가 김삿갓의 시를 나직나직하게 읊었다. 잔잔하게 울리는 김삿갓의 시 낭송이 끝나자 우레와 같은 박수가 터져나왔다. 벌겋게 충혈된 눈을 비비며 이 밤에 한량없이 떠돌던 조선의 불행한 시인을 만나고 있었다.

내 삿갓은

정처 없는 빈 배

한 번 쓰고 보니

평생 함께 떠도네.

목동이 걸치고

송아지 몰며

어부는 그저

갈매기와 노닐지만

취하면 걸어두고

꽃구경

흥이 나면 벗어 들고

달구경

속인들의 의관은

갈치레, 체면치레

비가 오나 바람 부나

내사 아무 걱정 없네.

선배 기자가 벌떡 일어나 답례로 김삿갓의 '나와 삿갓'을 낭송했다. 부르주와처럼 생긴 뚱뚱한 몸과는 달리 선배 기자의 음색은 미소년처럼 고왔다. 선배 기자의 시낭송에 다들 술이 확 깨는지 웅성웅성 거리는 소리가 들렸다.

"자, 우리도 비가 오나 바람 부나 걱정 접어두고 술이나 마시자."

"김삿갓처럼 우리도 겉치레 체면치레 다 버립시다. 브라보."

"미래는 미래가 있다고 확신하는 사람에게만 다가온다고 토인비도 말했지. 우리의 미래를 위해 건배."

요란하고 거창한 간판 없이도 해심이라는 소박한 공동체에 모인 지성인들은 김삿갓처럼 시대의 불운을 토로했다. 이승만 독재정권을 몰아냈던 행동하는 양심들이 해심공동체를 이끌어가며 박정희 독재정권의 몰락을 이끌어내기 위해 애쓰고 있었다. 내 편 아니면 모두 죽일 원수가 아니라 가슴속에 숨어 있는 내 마음의 폭군부터 몰아내는 정신운동을 위해 해심공동체로 모여들었다.

  해심공동체는 내 청춘의 신나는 놀이터였으며 정신적 빈곤에 시달리던 영혼들이 쉬어가는 정거장이었다. 우리의 인생은 해심공동체에서 상투성으로 빛났고 거지처럼 가난했으며 소년들처럼 유치찬란했다. 그래서 아름다웠다. 도덕이나 순결 따위는 개나 줘버리고 찌릿한 청춘을 즐기며 사회의 권력복제에 항거했다. 해심은 내게 청춘의 선물이었다.
  "우린 기껏해야 백년짜리 인생의 부품일 뿐이야. 백년 안에 답을 찾지 못하면 억겁을 줘도 못 찾지⋯⋯."
  선배 기자의 의미심장한 말은 오랫동안 내 가슴에 남았다. 몇 년간 즐거웠던 해심공동체를 두고 나는 서울을 떠나 영국으로 갔다. 가면서 백년부품으로 억겁의 답을 찾기 위해 새로운 인식의 지평을 넓히며 새로운 세계로 나아갔다.

해심 그녀, 공동체로 빛나는 세상의 바다

여섯 번째 그녀, 유나이티드 킹덤

유나이티드 킹덤 그녀,
이상하고 아름다운
도깨비 나라

영국, 그녀가 나를 불렀다. 수줍은 처녀처럼 내게 어서 오라고 속삭였다. 영국으로 가는 기회는 우연히 찾아왔다. 나는 미국출판사 프렌티스 홀의 한국대표로 일을 하게 되었는데 워낙 열심히 일을 하다 보니 능력을 인정받게 되었다. 출판사 일이라는 게 쉬운 일은 아니지만 영어와 영문에 자신 있는 나는 일에 대한 자부심과 재미를 느꼈다. 어떤 일이든 내게 주어진 일에는 책임감을 갖고 누구보다 열심히 일하는 성격이다 보니 자연스럽게 열정적으로 일을 했다. 나는 나그네정신을 버리고 주인정신으로 적극적이고 긍정적으로 일을 했다.

"태상, 자네의 일에 대한 열정은 대단해, 이렇게 프로다운 사람은 일찍이 본적이 없다네."

프렌티스 홀의 미국대표는 한국대표인 내 능력을 인정하고 무한 신뢰했다. 그 즈음 나는 자의반 타의반으로 결혼을 했다. 신부는 개성출신으로 이대를 나온 아가씨였다. 행복한 결혼 생활은 아니었지만 선택에 대한 책임감을 소홀히 하지 않았다. 어여쁜 세 딸을 얻었고 세 딸들에 대한 사랑만으로도 행복했다. 프렌티스 홀 미국 대표는 나에게 더 넓은 세상으로 나갈 수 있는 기회를 주었다. 나는 미국대표의 권유에 따라 호주로 전근오퍼를 받았다. 그런데 호주정부에서는 비유럽계 사람들에게는 영주 비자를 주지 않는 바람에 호주대신 영국으로 전근을 가게 되었다.

유럽대륙 서북쪽 대서양에 있는 입헌군주국인 섬나라 영국으로 가는 기회를 잡았지만 남의 나라에 가서 일을 한다는 것은 말처럼 쉬운 일이 아닐 것이다. 더구나 힘없는 동양의 작은 나라의 국민이 겪어야 될 수많은 난관을 어떻게 헤쳐 나갈지 고민하지 않을 수 없었다. 나는 마음속의 지표를 세우고 일기장에 써내려갔다.

여행을 잘하려면 짐이 가벼워야 한다.

인생여행도 마찬가지로 짐을 가볍게 하리라.

나는 아무렇게나 굴러도 우뚝 서는 오뚝이

머리를 가볍게 정신을 가볍게 마음을 가볍게 하리라.

나는 자유인이 되리라 자유의지로 세상을 살아보리라.

살아있음의 환희를 맛보는 진정한 여행을 하리라.

삶 자체가 여행이고 모험이며 탐험이다.

망설이지 않고 두려워하지 않으리라.

하루하루 순간순간 용감무쌍하게 살아보리라.

세상에 아무리 꽃과 별이 많아도

내가 바라볼 수 있는 것만큼 뿐이고

세상에 아무리 소리가 많다 해도

내가 들을 수 있는 것밖에 없다.

그 밖에는 있어도 없는 것이다.

꽃을 보는 눈은 꽃이 되고

별을 보는 눈은 별이 된다.

음악을 듣는 귀는 음악이 된다.

사랑하는 만큼 가슴이 뛰고

뛰는 가슴만큼 사랑하게 된다.

나는 가슴 뛰는 대로 살아보리라.

　아내는 이것저것 짐을 잔뜩 꾸렸다. 다 가져 갈 수도 없는 짐을 욕심껏 꾸리느라 며칠 밤을 새웠다. 나는 아내를 말렸지만 고집이 센 아내는 말을 듣지 않았다. 결혼이라는 제도만 없었다면 매사에 사사건건 부딪히는 아내와 남이 되어도 열두 번은 더 되었을 것이다. 개성상인의 후예인 아내는 욕심이 많은데다가 남에게 베풀 줄 모르는 노랭이였다. 큰 기업가인 장인어른도 딸인 내 아내에게 두 손 두 발을 다 들 정도였다. 소크라테스의 아내 크산티페와 다를 바 없는 아내 때문에 나는 친구들에게 외면을 당하기도 했다. 나는 노랭이 아내 길들이기에 실패하고 이혼도 실패 했다.

겨우 뜯어 말려 짐을 반으로 줄이고 서울을 떠날 준비를 마쳤다. 한국은 곧 유신체제가 될 거라는 친구의 귀띔이 있었지만 나는 목구멍이 포도청이라 발령 난 직장을 따라 영국 런던으로 갈 수 밖에 없었다. 영국으로 가는 길은 너무 멀고 험했다. 세 살짜리 큰 애는 걷고, 돌이 지난 지 육 개월이 된 둘째 아이는 아내가 등에 업고, 태어난 지 석 달 된 막내는 내가 안고 김포공항으로 갔다.

서울에서 영국 런던까지 꼬박 한 달이 걸렸다. 한 달 동안 열여덟 번이나 비행기를 타고 내렸다. 처음엔 김포공항에서 동경으로 갔다. 동경에서 며칠을 묵고 다시 홍콩으로 갔다. 자유도시 홍콩에서 필요한 책을 좀 사고 여행의 피로를 풀면서 며칠을 묵었다. 그리고 태국 방콕으로 갔다.

천사의 도시 방콕에서 소승불교를 좀 더 알고 싶었다. 대대로 불교에 귀의한 태국국왕들은 사원을 짓고 경전을 펴내면서 불교를 바탕으로 국민을 통치했다. 태국에 태어난 남자는 성인이 되기 전에 꼭 한 번은 승적에 들어가 불교사원에서 수행자 체험을 하는 것이 전통이다. 민주주의 국가인 태국에서 종교의 자유가 보장되어 있지만 전 국민 대다수가 불교를 신앙하고 있다. 종교학을 공부한 나는 그들의 신앙의 근원도 궁금했지만 그들이 믿는 소승불교를 종교학적 관점에서 학문해보고 싶었다. 짧은 시간에 다 공부할 수는 없었지만 방콕에는 꼭 와보고 싶었다.

방콕에서 불교사원을 둘러보며 며칠을 보내고 이탈리아 로마로 갔다. 로마는 아내가 좋아하는 도시였다. 아내는 로마에서 로마의 휴일처럼 며칠을 보냈다. 오드리 헵번처럼 일탈을 꿈꾸며 사랑에 대한 로망을 키웠는지 모른다. 오드리 헵번이 걸었던 길을 걸으며 아내는 행복해 했다. 우리는 영화처럼 로마의 휴일에 그리스 아테네로 떠났다. 신들의 고향 그리스 아테네는 오랫동안 와 보고 싶었던 도시였다. 인간이 만들어 낸 신들의 고향을 돌아보며 다시 암스테르담으로 떠났다. 암스테르담을 둘러보고 파리를 거쳐 드디어 런던에 도착했다.

1972년 2월 14일 영국에 도착해서 하트포드서 킹스랭리 동네에 있는 집으로 입주했다. 작은 이층집에서 영국생활을 시작했다. 낯선 이국땅에서의 직장 생활은 쉽지 않았다. 대영제국의 콧대 높은 영국인들은 신사적이면서 정중했지

만 그 이면에는 심한 인종차별이 있었다. 보이지 않게 음성
적으로 자행되는 갖은 냉대와 차별 대우는 감당하기 어려
웠다.

"네까짓 것들 암만 그래봐라 내가 눈 하나 깜박 거리
나……."

유일한 동양인은 나 혼자뿐인 프렌티스 홀 영국 지사 출
판사에서 살아남기 위해 이를 악물 수밖에 없었다. 저들의
냉대와 멸시에 맞서 싸우지 않으면 한국인으로서의 자존심
을 버리는 길이다. 나는 그들에게 위대한 한국인의 능력을
보여주기로 마음을 다잡았다.

"영국에 인재가 없어서 미개한 한국에서 사람을 데려왔
어?"

영국 지사장은 나를 대놓고 무시했다. 다른 사람들도 나
를 비웃으며 상대하지 않았다. 그들이 내게 자행하는 무시
와 멸시는 견딜 수 있었지만 한국인을 무시하는 건 견디기
힘들었다. 힘없는 작은 나라, 일제 식민지를 겪자마자 전
쟁을 또 겪은 나라의 설움이라는 것은 피눈물 나는 것이었
다. 하지만 그들이 내게 시련을 주면 줄수록 나는 오뚝이
처럼 일어섰다. 항상 당당했고 누구보다도 열심히 일에 매

여섯 번째 그녀, 유나이티드 킹덤

진했다.

"당신들의 그 콧대를 꺾어 주고 말겠어."

나는 과다한 업무도 마다하지 않고 일했다. 저들에게 짓밟히고 웃음거리가 되지 않기 위해 초인적으로 일했다.

"당신 그렇게 일하다가 쓰러지겠어요."

아내는 걱정했지만 나는 출판사 일을 하면서도 런던대학원 철학과에서 법학을 공부하기 위해 입학통지서까지 받아놓은 상태였다. 일도 일이지만 공부를 하지 않으면 이 사회에서 도태될 것 같았다. 나는 출판사 업무를 위해 영국 전역을 이 잡듯이 누비며 다녔다. 스코틀랜드와 웨일즈를 포함한 대영제국 전역을 돌며 각 대학을 순방했다. 프렌티스홀 산하 50여 개의 출판사에서 매년 수천 권의 신간이 발행된다. 그 가운데 신간서적을 각 대학마다 과목별로 교재로 채택시키기 위해 불철주야 뛰고 또 뛰었다.

영국 전역을 돌며 연평균 200회 이상 이동도서 전시회를 열었다. 교수들과 학생들로부터 도서추천과 구매신청이 물밀듯이 쏟아졌다. 나는 각 대학 도서관에 교재와 책들을 납품하는 것 말고도 각종 학술대회와 학회에 참석해서 학계 동향을 파악하고 새 교재 집필자를 물색하는 등 미친 듯이 일을 했다. 그러다 보니 나는 전에 영국 지사에 근무하는 십여 명의 직원들이 해오던 일을 나 혼자 도맡게 되었다. 하지만 판매실적은 십여 명의 영국직원들이 할 때보다 나 혼자 일한 실적이 세 배가 넘었다. 그러다보니 자연스럽게 각 대학의 교수들과 도서관 사서들과 친분도 쌓게 되고 메일링 리스트를 철저하고 완벽하게 작성해 놓을 수 있었다.

"이태상 씨 당신의 능력을 몰라봐서 미안합니다. 당신은 우리에게 가장 큰 인재입니다. 전에 내가 했던 말을 사과합니다."

"우리는 당신이 우리의 동료라는 것이 자랑스럽습니다."

동료들은 자신들보다 몇 배는 더 열심히 일하는 나를 인정하고 능력껏 열심히 일한 것에 찬사를 보내며 코리아라는 동양의 작은 나라에 대한 편견도 조금씩 씻어내고 있었다. 직장생활은 고되고 힘들었지만 노력한 만큼의 성과를 만들 수 있어서 나는 행복했다.

영국에서의 생활은 점차 안정을 찾아갔다. 사람들을 사귀고 서로 소통하면서 어디에 사나 어느 누구를 만나나 사람들은 다 욕심과 양심을 갖고 있는 똑 같은 사람들이라는 것을 알았다. 내가 잘하면 상대방도 잘하고 내가 양심적이면 상대방도 양심적이 된다. 사는 일이 다 그런 것인가 보다.
그렇게 영국에서 나름대로 성공적인 정착을 해 나갈 즈음
싱가포르에 사람이 필요하다고 했다. 영국 지사장은 나를
추천했다.

　나는 싱가포르로 전근발령을 받게 되었다. 그러나 전근조
건이 너무 열악하고 부당했다. 외국인으로서 당연히 받게
되어있는 주택비, 자녀교육비, 기타 수당의 혜택이 하나도
없었다. 싱가포르 사람들은 싼 정부아파트에 살면서 학비
가 들지 않는 중국어를 사용하는 공립학교에 애들을 보내
지만 나 같은 경우는 영어를 사용하는 국제학교에 애들을
보내야 한다. 그렇게 되면 내 월급으로는 턱도 없을 것이
다. 아이들 학비는 고사하고 먹고 사는 일도 버겁게 된다.

　이는 같은 동양인이라는 이유로 현지인인 싱가포르 사람
과 같은 대우밖에 못해주겠다는 것이다. 나는 이 부당한 일
에 분개하지 않을 수 없었다. 당연한 것을 당연하게 여기지
않고 부당한 차별을 하는 것을 그냥 넘길 수 없었다. 나는
싱가포르로 가는 전근을 받아들일 수 없었다. 회사에 강력
하게 항의를 했다.

"이번 싱가포르로 가는 전근은 받아들일 수 없습니다."

"회사가 결정한 사항입니다. 받아들이세요."

"외국인에게 주어지는 당연한 혜택을 주십시오."

"외국인주제에 받을 건 다 받겠다는 거요?"

"부당한 인사는 참지 않겠습니다."

그러자 회사는 나에게 감원을 이유로 해고를 했다. 해고를 하고 나서 한국에서 근무한 연수는 제외하고 영국에서 근무한 기간에 그것도 일 년에 일주일 분의 급료를 계산해 퇴직금을 주었다. 이 작은 돈을 퇴직금이라고 주면서 우리 가족이 한국으로 돌아갈 비행기 표와 이사비용초자 주지 않았다.

"당신은 한국 지사에 근무하다가 영국지사로 전근하면서 새로 고용계약서를 쓰지 않았지 않소?"

"그게 이유입니까? 고용계약서를 새로 써야한다고 당신들은 말하지 않았습니다. 당신들 책임도 있지 않습니까?"

나는 이대로 물러설 수가 없었다. 이는 회사의 말도 안 되는 횡포이며 작은 나라 국민을 업신여기는 처사였다. 한 인간에 대한 도전이며 대영제국의 실수였다는 것을 여실히 증명하리라 마음먹었다.

"잘못하고도 고치지 않는 것이 진짜 잘못이야. 내가 그 잘

못을 바로 잡겠어."

회사에 일갈을 가하고 나는 그들과 싸울 전투를 준비했다. 분하고 억울한 심정을 반듯이 바로 잡아 나 같은 약소국가의 설움을 누군가 당하지 말아야 한다는 사명으로 법정투쟁을 시작했다. 나는 런던 중심가에 있는 유명한 변호사를 찾아갔다.

"회사는 도의적인 책임은 있을지언정 법적인 책임은 없습니다. 회사는 영국의 현행법에 따라 퇴직금까지 주었습니다."

영리하게 생긴 변호사는 논리정연하게 나를 설득했다. 나는 다른 변호사를 또 찾아갔다. 그들은 하나같이 같은 말을 했다. 십여 명의 변호사를 찾아가 의논했지만 모두 이구동성으로 법에 호소해봤자 뾰족한 수가 없다는 대답만 했다. 영국국민들에게는 도의적인 책임이란 노블레스 오블리제다. 더구나 돌아갈 비용마저 주지 않는 영국인들의 도덕적 불감증을 단호하게 고쳐보리라 마음먹었다. 나는 영국언론에 편지를 써서 호소했다.

지푸라기라도 잡는 심정으로 영국 전역에 있는 언론에게 편지를 띄워 호소했는데 뜻밖에 런던타임즈와 가디언에서 연락이 왔다. 그리고 내가 살고 있던 하트포드서 킹스랭리 지역신문인 이브닝 포스트 에코에서도 연락이 왔다. 중앙신문에서 내 억울하고 딱한 사연을 기사로 크게 내주어서 영국 사회에 이슈가 되었다. 지역신문에서도 지역민들의 소수인 동양계인의 억울한 사연을 보도해 주었지만 영국 사회와 프렌티스 홀 영국지사는 배 째라는 식으로 일언반구 반응이 없었다. 오히려 미개인 취급을 하며 나를 조롱했다.

그렇다고 이대로 물러날 내가 아니었다. 나는 내가 사는 지역구 출신인 노동당 국회의원인 브라이언 세지모어를 찾아갔다.

"영국은 인권을 중요시하는 나라 아닙니까. 외국인인 나를 이렇게 부려먹고 부당해고 하는 것은 대영제국의 올바른 태도가 아니지요."

"이태상 씨의 억울한 사정을 잘 압니다."

"저는 대영제국의 국회를 믿겠습니다. 제 억울한 사연을 꼭 해결해 주십시오."

"제가 영국국회에서 당신의 문제를 강력하게 제기하겠습니다. 걱정 마십시오."

"당신만 믿겠습니다."

브라이언 세지모어는 국회에 내 문제를 제기했다. 그리고 프렌티스 홀 영국지사 대표를 만났다. 하지만 프렌티스 홀 영국지사 대표는 코웃음을 치며 오히려 브라이언 세지모어와 나를 비웃었다. 가장 민주적인 나라에서 가장 비민주적인 일이 자행되고 있었다. 나는 이 기나긴 싸움을 시작했지만 점점 지쳐가고 있었다.

하지만 나는 끝까지 가보기로 했다. 인권이 살아있다는 영국에서 나는 정의가 무엇인지를 알고 싶었다. 그들이 외치는 정의가 살아있다면 그 살아있는 정의를 통해 내가 영국까지 왔던 이유를 부정하지 않을 것이다. 나는 인더스트리얼 트라이뷰널이라는 노사분쟁 중재재판소에 이 문제를 제소했다. 그러자 프렌티스 홀 영국지사는 미국 변호사 두 명과 영국 변호사 두 명, 총 네 명의 변호사를 사서 프렌티스 홀 영국지사 측의 변호를 맡겼다.

나는 변호사를 살 돈도 없었지만 영국 변호사 누구도 나의 변호를 맡겠다고 나서는 사람이 없었다. 백퍼센트 지는 싸움이라는 것이 그들의 주장이었다. 그렇다면 방법은 단 하나밖에 없었다.

"그래, 내가 나를 변호하겠다."

나는 영국법정에 서서 내가 나를 변호했다. 프렌티스 홀 영국지사가 선임한 화려한 네 명의 변호사와 맞서 나는 당당하게 영국인들의 외국인에게 자행되는 부당한 노동법과 인권을 변호했다. 언제 끝날지 모르는 지리한 법정싸움은 때론 통쾌했고 때론 고통스러웠다.

일 년여를 두고 끌어온 재판이 드디어 판결의 순간을 맞았다. 중립적인 입장을 견지한 재판관 한사람, 노동자를 대표하는 재판관 한사람, 사용자를 대표하는 재판관 한사람 이렇게 세 사람의 의견을 모아 다수결로 결정하는 것이 영국법원의 상례였다.

뜻이 있는 곳에 길이 있는 법이다. 계란으로 바위를 깨는 이 싸움에서 나는 집념과 오기로 일관했다. 약자를 얕보는 것을 그대로 둔다면 이는 나뿐만 아니라 또 다른 약자가 당할 수 있는 문제다. 외국인이라서 차별받는다면 그건 민주주의의 꽃인 영국에서 있을 수 없는 일이다.

"자, 만장일치로 이태상 씨가 승소했습니다."

법정에서는 박수가 터져 나왔다. 재판장은 물론 고용주 편에 서야 할 판사까지도 나의 편을 들어 주었다. 심지어

회사 측 변호인들로부터 찬사와 축하까지 받았다. 이 승리는 나의 승리가 아니라 힘없는 나라의 모든 국민들의 승리였다.

"이태상 씨, 당신의 집념이 만든 이 승리는 우리 모두의 승리입니다. 그동안 수고 했습니다. 그리고 축하합니다."

얼마 되지 않는 우리 교포들뿐만 아니라 영국에 와 있는 외국인들도 자기 일처럼 기뻐해주었다. 이 재판을 관심 있게 지켜본 영국의 언론사들은 연일 지면을 할애해서 대서특필했다.

다윗소년과 골리앗의 대결이다.
대영제국과 코리아의 대결로
작은 코리아가 대영제국을 이겼다.

영국언론은 코리아라는 나라에 대한 특집까지 실으며 이 사건을 처음부터 정리해가며 크게 떠들어댔다. 나는 일약 스타가 되었지만 이 긴 싸움에 지칠 대로 지쳐 있었다. 관성은 반작용을 이긴다. 반작용을 이용하는 집단은 관성을 이길 수 없다. 관계로 세상을 바라보지 못했던 프렌티스 홀 영국지사는 힘없는 타인에 대해 저질렀던 악행이라는 반작용을 반성했을 것이다. 암묵적으로 합의되어 있는 집단의 시스템을 건드린 나는 더 큰 세계로 나아가는 문을 연 것이다. 이 사건은 그들에게는 역린이지만 무질서를 통해 질서를 찾아가는 과정이었다.

세상에는 기적 아닌 일이란 없는 것 같다. 순간순간이 기적이다. 기적은 일어날 일이 일어나는 것이 기적이다. 영국은 애증의 그녀다. 사랑과 증오가 나를 키운 것처럼……

유나이티드 킹덤 그녀, 이상하고 아름다운 도깨비 나라

일곱 번째 그녀, 세 개의 별

세 개의 별 그녀, 완전한 사랑의 하늘님

어린아이는 하늘님이다. 나는 그렇게 믿는다. 어린아이는 참도 거짓도 없고 선도 악도 없다. 아름다운 것도 추한 것도 없으며 옳은 것도 그른 것도 없다. 어린아이가 종교의 조상이다. 모두 어린아이처럼 산다면 그곳이 바로 천국이다. 나는 세 아이가 태어나자 세 개의 천국을 얻었다.

바다가 되라는 의미로 첫아이는 해아라는 이름을 주었다. 빼어난 사람이 되라는 의미로 둘째 아이는 수아라는 이름을 주었다. 별이 되라는 의미로 셋째 아이는 성아라는 이름을 주었다. 어린아이의 웃음은 우주의 합창이다. 어린아이의 울음도 우주의 합창이다. 나를 통해 세상에 온 세 딸들에게 지구의 아름답고 행복한 것들을 보여주고 싶었고 나의 하늘님이 되길 원했다.

벌레 하나, 나무 한 그루, 별 하나, 사람 하나를 안다는 것은 불가능하지만 가장 가치 있고 가장 존엄한 것은 바로 어린아이라는 것을 나는 확신했다. 어린아이로 태어나서 어른으로 자랐다가 다시 어린아이로 돌아가는 것이 자연의 섭리다. 태어난 지 얼마 되지 않은 세 딸을 데리고 영국으로 오면서 나는 세 개의 천국을 함께 가져왔다.

런던 하트포드서 킹스랭리에 살 때였다. 나는 다른 날보다 일찍 일어났다. 이층에 있는 아이들 방을 들여다보니 큰아이와 막내아이는 자고 있는데 둘째인 수아가 보이지 않았다. 없어진 아이를 찾아 아래층 부엌에 내려와 보니 식탁 의자를 놓고 높은 찬장에 있는 무언가를 꺼내 먹고 있었다. 나는 얼른 수아 손에 들린 병을 빼앗았다.

"이런, 병에 있는 아스피린을 다 먹어 버렸어. 여보 어서 119 불러요."

"무슨 일이예요?"

급하게 지르는 소리에 놀라 깬 아내가 부엌으로 뛰어 왔다. 아내는 상황을 파악하고 119를 불렀다. 병원에서 위를 세척하고 나서 수아는 깨어났다. 어린아이는 어른에게 천국을 주지만 천국은 잘 보살피지 않으면 잃을 수도 있다는 사실을 깨달았다.

그 해 여름, 가족을 데리고 영국 서남부 해안 콘월이란 지방으로 휴가를 떠났다. 나는 캐러밴을 빌려서 갔다. 바다가 잘 보이는 언덕 위에 캐러밴을 세웠다. 그리고 캐러밴에서 아침식사를 준비했다. 문득 창문으로 보니 옆에 세워둔 자동차가 언덕 밑으로 굴러가고 있었다.

"어, 큰일 났어 자동차가 굴러간다."

언덕 아래로 굴러가는 자동차를 보며 발만 동동 구르고 있는데 자동차에서 수아가 뛰어 내리는 게 아닌가. 나는 너무 놀라서 아무 말도 하지 못하고 뛰어내린 수아를 안고 있었다.

"수아가 남의 자동차에 올라가 이것저것 만지면서 놀다가 핸드 브레이크를 푼 것 같아요."

아내는 놀란 가슴을 쓸어내리며 수아를 받아 안고 진정시켰다. 아이들은 한시도 눈을 뗄 수 없는 존재다. 그래서 사랑을 독차지 하고 사랑으로 크는 존재다. 나는 아이들이 준 천국에서 행복했지만 아찔한 불행의 순간도 넘겨야 했다. 그래도 아이들은 나무처럼 쑥쑥 자라났다.

유치원에 갈 나이가 되자 아이들은 동네 유치원에 입학했다. 유치원에서는 원하는 아이들에게 악기를 배워 주었다. 큰아이 해아는 바이올린을 좋아해 일주일에 한 번 순회음악교사가 집으로 찾아와 십 분씩 레슨을 해주었다. 둘째아이 수아는 첼로를 좋아했다. 수아도 일주일에 한 번 순회음악교사가 집으로 찾아와 십 분씩 레슨을 해주었다. 셋째 아이 성아는 큰아이 해아처럼 바이올린을 좋아해서 일주일에 한 번 순회음악교사의 레슨을 받을 수 있었다.

세 딸은 모두 음악에 소질이 있었다. 음악 선생님이 만족할 만큼 지도에 곧잘 따라했다. 어린 나이지만 누가 시키지 않아도 프로처럼 연습을 했다. 재능이 있는 것만은 분명했다. 세 아이 다 아마 아내의 유전자를 받은 것 같았다. 아내는 이화여중 입학 선물로 부모님께 피아노를 선물 받았다. 어려서부터 피아노를 치면서 음악에 대한 남다른 애정이 깊었었다. 그래서인지 아이들도 음악은 거부감 없이 받아들이고 또 좋아했다.

나는 영국을 떠나 어머니와 누이가 살고 있는 하와이로 이주하게 되었다. 우리 가족의 이주 소식을 듣게 된 레슨 선생님은 무척이나 아쉬워했다.

　"아이들이 워낙 음악에 재능이 있습니다. 제가 맨체스터에 있는 취탐 음악학교에 오디션을 볼 수 있도록 주선하겠습니다. 아이들에게 주는 기회를 놓치지 말아 주세요."

　"우리 아이들을 그렇게 생각해 주시니 감사합니다. 아이들에게 오디션은 보도록 하겠습니다."

　나는 우리 아이들을 생각해 주는 선생님의 마음이 고마웠다. 아이들에게 찾아온 기회를 놓친다는 것은 아이들을 위해 옳은 일이 아닐 것이다. 하와이로 가는 왕복 비행기 표 값을 날린다 해도 아이들에게 오디션을 받게 해 주었다.

　"아빠, 엄마 저 합격했어요."

　큰 아이 해아가 제일 먼저 합격 소식을 전해왔다. 나는 오디션을 볼 수 있도록 기회를 준 레슨 선생님에게 이 기쁨을 드리고 싶었다.

　"아빠, 엄마 저도 합격했어요."

　이번에는 수아와 성아가 동시에 합격소식을 들고 달려왔

다. 뜻밖에 딸아이 셋이 다 합격을 하고 말았다. 일반 교육 과목과 함께 음악교육을 시키는 기숙학교인 보딩스쿨이라 학비가 보통 비싼 게 아니었다. 아이 셋의 학비를 감당할 재간이 없었다. 그런데 학교에서 장학금을 주기로 했다는 소식이 왔다. 합격을 했어도 비싼 등록금에 꿈도 꿀 수 없었던 특수음악학교를 다닐 수 있게 되었다.

하와이로 이주하려던 우리 가족은 아이들 셋을 영국 특수 음악학교 기숙사에 들여보내고 우리 내외만 하와이로 이주 했다. 강제로 시킨 음악도 아닌데 자신들이 좋아하는 것을 말리지 않고 하도록 두었더니 아이들은 신나고 재밌어서 억지로 노력할 필요도 없이 잘하게 되었던 것 같았다. 밥 먹는 것도 잊고 하루 종일 악기를 켜며 음악에 빠져 든 아이들을 보며 좋아하는 일을 하는 것은 행복을 창조하는 것 이라는 것을 알 수 있었다.

우리 가족은 이산가족이 되었지만 아이들은 자신들이 좋아하는 음악에 심취해 이산가족이라는 사실도 잊은 채 연주에 몰두했다. 나에게 천국을 선물해준 세 딸을 위해 나는 시를 짓는 즐거움에 빠져 행복한 시간을 보내곤 했다.

햇빛처럼 눈부신

해아의 표정은

세상을 밝게 해주고

별 빛처럼 반짝이는

해아의 눈동자는

꿈을 불러주고

바람처럼 신선한

해아의 숨소리는

음악이며

이슬처럼 맺히는

해아의 눈물은

사랑이기에.

해아는 세상 모든 것에서

아름다움을 보고

기쁨을 맞보기 때문이리라.

그래서 해아한테는

나쁜 날씨란 없고

여러 가지 다른

좋은 날씨가 있을 뿐이리.

　저 우주에서 나를 찾아온 세 개의 별, 해아 수아 성아는 열심히 음악공부를 한 덕분에 좋은 대학에 들어가게 되었다. 한국전쟁 때 하우스보이를 하던 나를 양아들로 삼아 미국으로 데려가서 줄리아드 음대에 보내주겠다고 했던 미군사령관의 말이 수아에게 와서야 실현되었다. 수아는 좋은 성적으로 줄리아드 음대를 졸업했다. 그리고 유엔의 한국원조기구에서 하우스보이를 하던 나에게 특별히 사랑을 주었던 영국 부사령관은 암으로 죽기 전 입버릇처럼 나를 영국 옥스퍼드 대학에 보내주겠다고 했다. 결국 큰딸 해아가 옥스퍼드대학을 삼년 만에 학사와 석사까지 받고 졸업했다.

　말은 씨가 된다. 그래서 인연은 돌고 도는 것이다. 그렇게 세월이 흘러도 인연은 나를 거쳐 자식에게로 이어지고 있었다. 이제 아이들은 자신만의 세상 속으로 뛰어 들어갔고 나는 딸들이 준 천국에서 즐거운 여행을 계속하고 있었다. 어느 날 스코틀랜드 국립 교향악단인 스코티시 챔버 오케스트라의 수석 첼리스트가 된 수아에게 전화가 왔다.

"아빠, 저 결혼해요."

"뭐 결혼?"

"사랑하는 사람이 생겼어요."

"아니 넌 독신주의자 아니었니?"

"독신을 그만두게 할 만큼 좋은 사람이에요."

"그래, 너의 선택을 믿고 존중한다."

"아버지 고마워요. 전 아버지를 믿고 존경합니다."

"가슴 뛰는 대로 사는 네가 고맙구나."

수아의 독신주의를 그만 두게 할 만큼 좋은 사람은 말기 암 환자 고든이었다. 의사로부터 시한부 선고를 받은 영국 전투기조종사 고든을 사랑하게 된 수아는 결혼을 결심하고 에든버러 성에서 결혼식을 했다. 나는 오직 수아의 선택을 믿고 존중했다. 나는 그 둘의 운명 같은 사랑을 축하하기 위해 에든버러 성으로 갔다. 가까운 지인들이 모여 삶의 축하를 벌이는 파티에 미국의 시인이며 미국출판사

Mayhaven Publishing, Inc. 대표인 Doris R. Wenzel가 축 시를 써주었다.

To The Couple I Do Not Know
내가 알지 못하는 남녀 한 쌍에게

I have never met those two young people

Impressing those who know them,

Inspiring those who don't.

내가 만난 적은 없어도 이 두 젊은 남녀는

이들을 아는 사람들에게 깊은 인상을 주고

이들을 모르는 사람들에게도 큰 감동을 주네.

I have never met those two young lovers,

Wrapped in devotion to one another.

Celebrating life alone and with others.

내가 만난 적은 없어도 이 두 젊은 연인들은

서로에 대한 헌신으로 똘똘 뭉쳐 오롯이

호젓하게 그리고 다른 사람들과 함께

삶의 축배를 높이 드네.

I have never met those two sweet souls

Securing a world of their own

While creating a lingering melody for the world.

내가 만난 적은 없어도 이 두 사랑스런 영혼들은

자신들만의 세상을 만들어 전 세계에 여운으로

남는 감미로운 멜로디를 창조하네.

자유로운 영혼을 지닌 수아는 전 세계를 돌아다니며 수

많은 사람들을 만나고 다양한 음악을 연주했지만 고든과의 사랑을 통해 진정한 하나의 인간으로 완성될 수 있었다고 고백했다. 사랑은 위대한 스승이다. 수아의 헌신적인 사랑 앞에 나는 경의를 표하지 않을 수 없었다. 수아의 심장에 가장 빛나는 격정의 시간을 관통하게 한 고든과 사랑을 완성하기 위해 그들은 결혼을 했다. 고든은 자신의 죽음을 예견하고는 생을 정리하고자 산티아고 순례에 나섰다.

대장정의 800km 순례를 하는 동안 수아와 고든은 계속 메일로 서로를 교감하며 숭고한 사랑을 키워갔다. 고든은 산티아고 순례여행 중에 자신과 같은 암을 앓고 있는 다른 사람들을 위해 모금을 시작했다. 그렇게 시작된 암환자 자선기금은 17,447 파운드 50센트가 모였다. 이 기금은 오로지 암환자를 위한 것이었기에 스코틀랜드에 있는 암환자를 위한 자선단체에 기부했다.

고든과 수아는 확신에 찬 사랑의 노래를 마음껏 부르며 지상에서 가장 행복한 부부가 되었다. 하지만 두 사람이 결혼을 하고 5개월 뒤 고든은 생을 마쳤다. 5개월간의 열정적이고 숭고한 이들의 사랑은 막을 내렸지만 그것은 끝이 아

니라 시작이었다. 나는 사랑하는 남편을 잃고 슬픔에 빠져
있을 수아를 위해 글을 보냈다.

사랑하는 남편 고든이

평화롭게 숨 거두기 전에

네가 하고 싶은 모든 말들 다 하고

그가 네 말을 다 들었다니

그 영원한 순간이 더할 수 없도록 복되구나.

난 네 삶이 무척 부럽기까지 하다.

너의 사랑 너의 짝을 찾았을 뿐만 아니라

그 삶과 사랑을 그토록 치열하게

시적으로 살 수 있다는 것이

얼마나 기쁜 일이더냐.

사람이 장수하여

백 년 이상을 산다 한들

한 번 쉬는 숨,

곧 바닷가에 부서지는

파도의 포말에 불과해

우주라는 큰 바다로

돌아가는 것 아니겠니.

그러나 우리는 결코

우리 내면의 코스모스바다를

떠날 수 없단다.

나의 메일을 받은 수아는 자신의 심정을 담은 고든을 위한 조사弔辭를 적어 나에게 보내 주었다.

그를 만난 것이

얼마나 어처구니없도록

나에게 크나큰 행운이었는지,

우리가 같이 한

13개월이라는 여정에서

아무런 후회도 없고,

나는 내 삶에서 완벽을 기하거나

완전을 도모하지 않았으나

어떻게 우리 자신 속에서

이 완전함을 찾았으며,

우리는 불완전한대로

완전한 사랑이라는

절대균형을 잡았습니다.

  고든을 떠나보낸 슬픔을 딛고 일어선 수아는 고든을 기리기 위해 '고든 데이비슨 기념재단'을 설립했다. 수아는 생전에 고든이 걸었던 프랑스 쟝 피에드 포르트에서 스페인 산티아고 데 콤포스테라까지 장장 800km의 험난한 순례길을 걸어가며 모금활동을 하기로 했다.

"아버지, 저는 고든을 위해 산티아고 순례 길을 떠나기로 했어요."

"장하구나. 나의 딸 수아"

"고든과 약속을 했어요."

"어떤 약속이든 약속은 꼭 지켜야 한다."

"고든이 걸었던 것처럼 저도 병마와 싸우는 이들을 위해 산티아고 순례를 하면서 모금을 하기로 했습니다."

"그래, 너의 선택은 언제나 옳단다. 너의 선택을 응원한다."

고든과의 약속을 지키기 위해 수아는 고든처럼 머나먼 산티아고 순례를 떠났다. 수아의 사랑은 공간과 시간을 뛰어넘어 새롭게 시작되고 있었다. 수아가 걷는 산티아고 순례 길에는 항상 고든이 있었다. 지치고 힘들 때마다 고든이 나타나 용기를 주었다. 한 달 이상을 걸은 수아는 산티아고 순례길에서 세계 각국의 친구들을 만났다. 친구들은 수아에게 용기를 주며 격려를 아끼지 않았다. 그리고 기꺼이 암환자 자선기금모금에 동참해 주었다.

수아는 고든이 모금한 금액보다 두 배를 더 모았다. 모금된 돈을 자신이 설립한 고든 데이비슨기념재단에 기부했다. 수아는 고든과의 약속을 지켰다. 고든은 결코 자신 곁을 떠나지 않았음을 수아는 확인했다. 이번 생에 가장 완벽한 사랑을 실천한 수아와 고든은 진정한 사랑의 완성자로 거듭났다.

　죽음을 사랑해야 삶도 사랑할 수 있는 법이다. 나는 수아와 고든을 통해 죽음이 무엇인지 삶이 무엇인지 사랑이 무엇인지를 깨달았다. 나와 남 사이의 분별이 남아 있는 것은 내가 남 안으로 완전하게 들어가지 못했기 때문이다. 내가 남 안으로 완벽하게 들어가는 날이 내가 사라지는 날이며 남이 사라지는 날이다. 이는 온전한 하나가 되는 것이다. 수아와 고든이 그랬던 것처럼 말이다.

　사랑은 하나는 원점이다. 하나는 시작이다. 하나는 출발점이다. 하나에는 정의도 없고 불의도 없다. 선도 없고 악도 없다. 승리도 없고 패배도 없다. 성공도 없고 실패도 없다. 삶도 없고 죽음도 없다. 그래서 하나는 어린아이다. 어린아이가 가져온 천국이다. 나는 세 딸에게서 선물 받은 천국사용법을 다시 세 딸에게서 배우고 있었다.

"사랑이 완성되려면 온 우주가 공모해야 가능하단다."

"맞아요, 온 우주가 협조해야 사랑이 완성되지요. 온 우주가 저를 위해 공모하고 협조했으니 저는 행운아입니다.

아버지"

나는 딸들을 위해 해줄 것이 없었다. 다만 사랑이라는 온전한 마음 하나로 아이들에게 세상을 살아가는 지침을 주고 싶었다. 그래서 자주 아이들을 위해 시를 짓고 아이들에게 참된 인생을 살 수 있는 길의 방향을 제시해 주었다.

천당과 지옥이 따로 있나?

누구를 미워할 때 지옥이고

누군가를 사랑할 때 천당이지.

천당과 지옥이 어디 있나?

호의와 선의 베푸는 마음이

천당이고 악독하고 고약한

몹쓸 마음이 지옥이지.

천당과 지옥이 언제인가?

잘 사는 오늘이 천당이고

잘못 사는 이 순간이 지옥이지.

오늘 잘 사는 사람이

내일 또한 잘 살 수 있듯

이 세상 삶을 잘 사는 사람이

내세에서도 잘 살리라.

오늘 뿌리는 대로

내일 거두게 될 테니까.

제 마음속에

아름다움 있는 자만이

바깥세상 아름다움을 볼 수 있듯이

진주 같은 마음을 가진 자만이

진주를 진주로 알아볼 수 있으리라.

이 세상에서 천국을

맛보는 낙천주의자만이

내세의 천국도 누리게 되리라.

그러니

오늘 이 순간을

즐겁게 사는 것이 천당이고

마지못해 사는 것이 지옥임에

틀림없으렸다.

그 이상도

그 이하도

알 수도

알 필요도

없으리라.

아이들은 어른이 되고 어른은 다시 아이가 된다. 삶이 아
무리 힘들고 고단할지라도 이 세상에 태어난 것이 태어나
지 않는 것보다 얼마나 다행스러운 일인가. 사랑하는 것이
사랑하지 않는 것보다 얼마나 아름다운 일인가. 나는 나의
세 딸들에게서 하늘님을 보았고 천국을 선물 받았다. 나는
그래서 늘 사랑이라는 가장 완벽한 것을 아이들에게 주려
고 노력했다.

정녕 삶의 본질이

사랑 아니더냐?

삶의 숨결이 사랑이오.

삶의 날개가 사랑이오.

삶의 꿈이 사랑이오.

삶의 완성이 사랑이오.

삶의 시작도 끝도

사랑이 아니더냐?

사랑을 모르고 사는 억만 년보다

사랑을 하는 한 순간이

그 얼마나 더 한없이 보람되고 복되랴!

미칠 바에는 삶에 미치고 사랑에 미치리라.

취할 바에는 삶에 취하고 사랑에 취하리라.

정말 미치도록 취하도록 죽도록.

세 개의 별 그녀, 완전한 사랑의 하늘님

어레인보우 그녀, 무지개를 올라라다

인생의 반세기를 접고 나는 뉴욕으로 왔다. 탐욕과 질투, 성냄과 어리석음을 벗어나 진정한 나를 찾아 떠나왔다. 내게 남은 것은 하나도 없었다. 영국에 있던 집과 재산은 아내와 아이들에게 다 주고 혈혈단신 뉴욕으로 건너왔다. 뉴욕의 겨울은 춥고 어두웠다. 아무도 없는 뉴욕 한복판에서 나는 나에게로 가는 길의 첫 문을 열며 최초의 인간인 아담이 자유의지로 선악과를 먹었듯이 나는 뉴욕에서 내 사상의 의지를 발현하여 사유로 지은 사상의 집을 만들리라 다짐했다.

나는 뉴욕의 좁은 방 한 칸에서 춥고 어두운 긴 겨울을 보

냈다. 겨울은 절망의 계절이지만 나는 절망의 계절을 보내
며 인간의 내면을 탐구했다. 부조리한 시대에 불완전한 삶
을 살아가는 이들의 고통을 어떻게 극복할 것인지 현명한
답을 얻고 싶었다. 역설적이지만 뉴욕의 가난한 방 한 칸
은 사유의 바람이 춤을 출 수 있는 자유의 공간으로 안성
맞춤이었다.

　다 내어 주고 무일푼으로 온 나는 방 한 칸 옆에 딸린 작은
가게에서 낮에는 가발을 팔았다. 삶이란 먹고 사는 일의 연
속이다. 낮에는 일하고 밤에는 사유하는 단순하고 명쾌한
삶은 나를 정신적으로 자유롭게 했다. 사유의 열정은 뜨겁
게 활활 타올랐다. 불꽃이 춤을 추듯이 정신적 자유는 지구
구석구석을 돌고 온 우주를 순례했다. 나는 무지개를 올라
타고 마음이 갈 수 있는 곳까지 가고 또 갔다. 무지개가 갈
수 없는 곳은 없었다. 나는 무지개가 되었고 무지개는 내가
되어 온 세상천지를 돌아다녔다. 온 우주 구석구석을 여행
하며 사유와 한 몸이 되었다.

　'어레인보우' 내가 지은 첫 번째 사유의 탑이다. 어레인보

우와 나는 진리에 이르는 길을 찾았다. 진리는 종교의 독점이 될 수 없고 철학자의 독점도 될 수 없다. 진리는 그 진리를 만나서 깨달은 자들의 것이다. 진리는 이 지구 안에 이 우주 안에 있는 모든 생명 있는 것들의 소유이기 때문이다. 예수의 것도 아니고 석가의 것도 아니다. 마호메트의 것도 아니고 공자의 것도 아니다.

나는 진리에 이르는 수많은 길 중에 아무도 가지 않은 길을 걸어 보았다. 그것은 내가 그토록 사유하고 또 사유하여 찾아낸 바로 그녀, 어레인보우였다. 내가 신이라면 다른 사람도 신이다. 나는 다른 사람들을 통해 신이라는 사실을 알 수 있을 뿐이다. 나는 언제나 다른 사람들을 통해서 존재하기 때문이다. 다른 사람이 없다면 내가 존재할 수 없다는 사실은 지극히 당연하지만 그 당연한 사실이 진리다. 진리는 인간에게서 발현된다. 신에게서 오는 진리는 다 가짜다.

나는 그렇게 '어레인보우'라는 사유의 집을 완성해 나갔다. 한 방울의 물이 흘러서 바다에 가 닿으면 비로소 바다가 되듯이 냉정한 세상을 따뜻하고 명징하게 바라보았다. 나는 밤마다 언어의 별들을 밟으며 긴 밤을 생각 속을 서성이면서 부질없는 신의 영원을 버리고 인간의 아름다운 생을 찬미했다.

모든 이름 있는 존재에게 나는 '어레인보우'라는 이름을 달아 주었다. 인류가 여성에게서 시작되었듯이 어레인보우는 여성의 다른 이름이다. 여성이야말로 가장 성스러운 존재이며 여성은 인류의 마지막 구원자이기 때문이다. 어레인보우의 다른 이름은 바로 '나' 자신이다. 내 안에 있는 나의 본질이다. 나는 이 어레인부우와 함께 무지개를 올라타고 사유의 바다를 거닐며 진지하고 평화로운 문답을 통해 사유의 탑을 쌓아 갔다.

어레인보우여, 우리가 그토록 가고자 하는 천국은 어디에 있나요.

태상, 그대는 천국이 하늘에 있다고 생각하나요? 하늘에 하늘님이 있다면 땅에는 땅님이 있지요. 하늘님과 땅님이 서로 만나 어린아이를 탄생시켰지요. 그 어린아이가 바로 천국입니다. 하늘에 천국이 있는 것이 아니고 땅에 지옥이 있는 것이 아닙니다. 어린아이가 천국 그 자체입니다. 탐욕과 이기심과 어리석음에 오염된 어른이 어린아이처럼 순수를 회복하면 그것이 바로 천국입니다. 괜히 천국을 찾는다고 인생을 허비하지 말아요.

아, 그렇군요. 그렇다면 어린아이라는 천국은 어떻게 지속성을 가
질 수 있나요?

어린아이 눈에는 모두가 꽃입니다. 어린아이 눈에는 모
두가 별입니다. 그렇기 때문에 탐욕과 성냄과 어리석음이
끼어들 공간이 없지요. 우주만물이 다 어린아이처럼 순수
함 그 자체입니다. 땅도 하늘도 바다도 풀도 나무도 새도
다 어린아이 눈으로 보면 천국입니다. 봄과 여름과 가을과
겨울이 다 하나입니다. 태어나는 것도 죽는 것도 다 하나
입니다. 공주와 갈보도 하나이고 신부와 무당도 하나입니
다. 주인과 머슴도 하나이고 스승과 제자도 하나입니다.
부모와 자식도 하나이고 남편과 아내도 하나입니다. 동물
과 인간도 하나이고 식물과 광물도 하나입니다. 어린아이
눈에는 모든 것이 하나입니다. 둘은 없습니다. 어린아이처
럼 모든 것을 하나로 보는 지혜를 얻는 것이 천국을 지속
시키는 길입니다. 태상, 당신은 천국을 이미 갖고 있습니
다. 자신 안을 들여다보세요.

맞습니다. 내 안에 천국이 있습니다. 내 안의 천국은 순간순간 짧게 느낄 수밖에 없어서 슬프지요. 어린아이로 돌아가는 순간은 참으로 짧지요. 영원히 어린아이로 돌아간다면 천국이겠지만 어른인 나는 아직 어른 아이로 가는 길을 다 열지 못했나 봅니다.

이 지상에서 천국을 보지 못한다면 지구 밖 그 어디에도 천국을 찾을 수 없습니다. 하늘에 있다거나 우주에 있다거나 신에게 있다고 하는 사람들은 천국을 구경도 하지 못한 사람들이지요. 지금 우리가 살고 있는 이 지구별 자체가 하늘님이고 어린아이고 천국입니다.

몇 년 전에 팔십 삼세로 타계하신 누님의 임종을 지켜보았습니다. 로스앤젤레스에 사시는 누님께서 많이 편찮으시다고 해서 병문안 갔다가 그날 밤 꿈에 새 한 마리가 누님 방에서 밖으로 날아가는 것을 보았는데 그 다음날 누님은 세상을 떠나셨지요. 숨이 멎은 누님의 얼굴은 더할 수 없이 평화롭게 잠든 아기와 같았습니다.

우리는 모두 어린아이로 태어나서 어린아이로 돌아가는 것입니다. 그 모습이 참모습이지요. 천국에서 왔다가 천국으로 돌아가는 것과 같습니다. 어린아이는 평화 그 자체입니다. 어린아이는 사랑 그 자체입니다. 어린아이는 인간의 처음이지요.

어레인보우여, 저는 늘 인생이란 무엇인지 궁금했습니다. 인생이란 도대체 무엇일까요?

아무도 알 수 없는 것, 그래서 살아봐야 아는 것이 인생입니다. 그것밖에는 나도 모릅니다.

나도 그렇게 생각합니다. 알 수 있다면 인생이 아니겠지요.

태상, 당신은 인생이라는 세상에서 죽지 않고 살아서 빠져나오는 사람을 본적이 있습니까? 만약 있다면 인생을 알 수 있겠지요. 탄생과 죽음은 인생의 변하지 않는 사실입니다. 인생뿐인가요. 우주도 마찬가지요. 굳이 인생에서 의미를 찾지 마십시오. 인생은 의미가 아닙니다.

생각해보니 인생은 개념에 불과합니다. 마치 어린아이들이 꽃을 보면서 아무 생각 없이 꺾어 버리는 것과 같습니다. 어린아이에게 꽃은 존재가 아니라 개념이겠지요. 인생이 무엇인가 하는 생각을 버리면 마음 감옥에서 해방 될 수 있을 겁니다. 아, 알 수 없는 인생의 매력이 바로 거기에 있습니다.

가지 않는 길은 늘 매력이 있습니다. 인간은 젊을 때 배우고 늙어서 이해합니다. 인생도 마찬가지 아닐까요. 인생이 무엇인가 의문을 가질 시간에 인생예술가가 되어 나를 재료로 아름다운 예술작품을 만들어가는 게 현명한 일일 것입니다. 태상, 당신은 당신 안에 있는 나를 생각해 본적 있나요?

어레인보우, 당신이라는 에너지는 마음이지요, 나라는 에너지는 물질입니다. 당신은 나를 비추는 거울입니다. 당신이 동전의 앞면이라면 나는 동전의 뒷면이지요. 당신이 바다라면 나는 바다를 박차고 일어나는 파도입니다. 당신이 하늘이라면 나는 하늘을 걸어가는 구름이지요. 당신은 내가 지은 사유의 집입니다. 나는 그 사유의 집에 살고있지요.

맞습니다. 태상, 나는 당신이 지은 사유의 집입니다. 당신의 정신이 나의 전부일 수도 있고 당신의 흘린 눈물 한 방울이 나의 전부 일수도 있습니다. 세상은 더 없이 신비로운데 인간의 지식은 한계가 있습니다. 그러니 지식보다는 지혜의 눈을 밝혀야 합니다. 당신이 지혜의 눈으로 나를 찾아냈듯이 말입니다.

어레인보우, 우리 함께 춤을 춰요. 나는 이렇게 깊은 고요가 밀려오면 춤을 추고 싶어집니다. 고요 속에는 나를 흔들어 깨우는 우주의 파동이 느껴져요. 그 파동이 나를 감싸는데 춤을 추지 않고 베기겠어요?
하하하

아, 좋습니다. 춤은 몸이 영혼을 불러오는 행위지요. 음악 없는 춤이란 파도 없는 바다와 같습니다. 흩날리는 바람이, 흐르는 물이, 쏟아지는 햇살이, 반짝이는 별이, 피어나는 꽃이 다 음악이지요. 음악은 춤의 등에 올라탄 무지개입니다. 둘은 하나가 되어 춤을 추지요. 우리처럼 말입니다. 우주의 모든 소리가 곧 음악입니다. 음악은 그래서 사랑의 다른 말이지요. 소리는 자연의 리듬입니다.

내가 어릴 때 지은 시를 보세요. 시는 노래가 되고 노래는 바람이
됩니다. 바람은 우주를 향해하는 범선입니다. 이 시는 지금 당신과
내가 있는 이곳을 지나고 있습니다. 어레인보우여, 우리 같이 노래해
봐요.

졸졸 졸졸

바다를 향해 흐르는 시냇물 소리

살랑 살랑

들숨 날숨 사랑으로 쉬는 숨소리

쏴쏴 쏴쏴

하늘 높이 시원하게 부는 바람소리

출렁 출렁

봄꽃 가을 달 어울려 춤추다

철썩 철썩

바닷가 바위에 부딪치는 파도소리

똑똑 똑똑

꽃잎에 떨어지는 빗방울소리

끼꼴 끼꼴

봄날 나뭇가지에서 우는 끼꼬리소리

개굴 개굴

여름날 연못가에서 우는 개구리소리

귀뜰 귀뜰

가을밤 풀숲에서 우는 귀뚜라미소리

부엉 부엉
겨울날 산 속에서 우는 부엉이 소리

음악은 숨과 동의어입니다. 들숨과 날숨 사이로 한없이 경이롭고 신비한 파동을 만들어내지요. 음악은 살아있는 유기체 생물입니다. 어떠한 음악도 같은 것은 없습니다. 하늘과 땅이, 남자와 여자가, 동물과 식물이 우리 몸속에서 요동치는 생명의 음악에 맞춰 춤을 추면서 사랑하고 자손을 남기고 번성하게 되는 것이지요.

　　음악은 영감으로 만들어질까요. 어레인보우

음악은 영감보다는 같은 에너지를 찾아내는 작업이라고 생각합니다. 어둠에서 빛이 분리되듯 달이 차오르다 사그라지듯 미묘한 에너지들이 서로를 밀거나 끌어당기는 것이 음악이 아닐까요? 우리가 음악에 감동을 받는 것은 청각이 우주와 연결 되어 있기 때문입니다. 아마 음악이라는 파동과 우주 구조 사이에 은밀하고도 신비로운 연결고리로 이어져 있어서 일 것입니다.

어레인보우 당신이 음악이라는 파동을 타고 나에게 온건 아닐까요? 하하하

그럴지도 모릅니다. 나의 미세한 떨림이 당신의 에너지에가 닿았겠지요. 당신이라는 호수에 던진 돌이 파문을 일으키고 그 파문의 에너지는 나를 깨웠겠지요. 그래서 서로 끌어당겨 음악으로 발기되었을지 모릅니다.

오, 멋진 해석입니다. 그렇다면 우리는 우연의 일치가 아니라 무질서에서 질서를 찾은 것이겠지요. 신비롭게도 당신이 오르가니즘이면 나는 오르가즘이라고 해도 틀린 말은 아니겠죠?

하하하, 음악과 춤이 하나이듯 당신과 내가 하나인데 우리 자연의 음악에 맞춰 춤을 춥시다. 노래를 부르며 춤을

추면서 인생을 찬미합시다. 당신을 위해 시를 지었습니다.
들어보세요.

그렇다면 너도 나도

우리 모두 다 함께

하늘과 땅 음과 양

남과 여 수컷과 암컷

산과 골짜기

우주삼라만상과 더불어

우리 각자 가슴 뛰는 대로

만만출세萬萬出世로다.

음악音樂-淫樂소리

성악聲樂-性樂을 즐기며

만만세萬萬歲를 부르자.

나를 위해 시를 지어주신 어레인보우여, 당신께 경배합니다. 이번 에는 좀 껄끄러운 돈 이야기를 한 번 해볼까요. 부는 지혜로운 사람의 노예이자 바보의 주인이라고 로마시대 정치가 세네카는 말했지요.

인도에서는 돈을 신으로 모십니다. 돈이 신이라면 인간은 뭘까요. 인도인들은 범인도교인 힌두교를 믿는데 그들에게 인생은 허무의 바다입니다. 물질인 돈과 비물질인 허무와 의 충돌이 일어나는 곳이 인도이지요. 이렇듯 돈은 누구나 에게 내면과 외면의 충돌을 일으키는 존재입니다.

오래전에 타계한 내 누이는 돈 때문에 삶과 죽음을 모두 잃었지요. 영리하고 똑똑했던 누이가 부동산 중개로 큰돈을 벌게 되자 동양학 을 전공한 대학교수였던 누이의 남편은 교수직을 버리고 누이와 같이 돈 버는 일에 매진했습니다. 백만장자가 되어갈 무렵 누이의 남편 은 가정을 돌보지 않고 돈쓰는 재미에 빠져 망나니로 전락해 버렸 지요. 누이는 큰 위자료를 주고 이혼을 했지만 돈을 다 쓰고 탕자처럼 돌아온 남편을 애들을 위해 다시 받아들였습니다. 그런데 누이가 교 통사고로 죽었습니다. 누이의 남편이 청부살인을 한 것입니다. 결국 누이도 누이의 남편도 돈이라는 악마에게 당한 것이지요.

돈 때문에 행복한 사람은 돈 때문에 불행질 수 있습니다. 누이나 누이의 남편이 돈이 아닌 둘만의 사랑 때문에 행복했다면 불행해지지 않았을 것입니다. 돈이라는 탐욕이 개입되어 불행해진 것이지요. 돈이 아무리 많아도 양심이 돈이라는 물질을 다스릴 수 있었다면 불행은 멀리 달아났을 것입니다. 돈은 욕심의 한 부분입니다. 양심은 행복의 전체입니다. 부분이 전체를 이길 수 있다는 것을 알아야 합니다. 그래서 항상 전체가 부분에게 먹히지 않게 깨어있어야 합니다. 돈은 욕심의 지배를 받고 양심은 정신의 지배를 받고 있습니다. 정신이 욕심을 이겨야 합니다. 욕심은 자아의 변형입니다. 자아가 욕심을 잘못 다스렸기 때문입니다. 자아는 지혜로 완성됩니다. 지혜란 올바른 경험에 의해 실천하는 행위입니다. 어리석음을 깨치는 것이 지혜지요.

돈이라는 이름의 욕망을 양심으로 다스리는 것이 관건이겠군요.

돈이 인생을 좌지우지 하는 경우는 많습니다. 그렇다고 돈과 인생을 같은 저울에 올려놓을 수 있는 걸까요? 돈을 포함한 모든 물질은 욕심이라는 에고가 나타내는 행위입니다. 그러니까 욕심내는 자는 부자가 아닙니다. 욕심내는 자는 가난한 자입니다. 돈이라는 것이 인간의 생존전략에 세팅되어 버리면 비열해집니다. 한 번 세팅되면 인생이 끝날 때까지 헤어 나오지 못합니다. 한 번 세팅된 사람이 그 사슬을 끊고 나왔다는 것은 거짓말입니다. 그것은 다른 외부적인 힘에 의해 제압된 것에 불과한 것입니다.

생존전략에 돈이 세팅되지 않도록 처음부터 지혜를 배워야겠군요.

맞습니다. 그 방법을 찾는 것은 의외로 간단합니다. 약 열흘간 자신이 중독되어 있는 대상에게 접촉을 해보지 않는 것입니다. 그것이 돈이든 사람이든 질투든 욕망이든 그 어떤 것이든 간에 접촉을 하지 않고 견디어 보면 자신의 집착 대상을 알 수 있습니다. 그것이 자신이 의지하는 대상입니다. 의지하는 대상에게서 자유로워야 행복할 수 있습니다.

어레인보우, 돈으로부터 자유로울 수 있는 지혜를 알려 주셔서 감사합니다.

태상, 이번에는 내가 당신에게 섹스에 관해 물어볼게요.

당신은 섹스를 통해 무엇을 얻나요? 섹스는 인간에게 무엇일까요?

섹스는 우주라는 신이 인간에게 준 최고의 선물이라고 생각합니다. 종족번식을 위한 성적인 면만 본다면 섹스는 큰 의미를 두지 못합니다. 그러나 진정한 섹스란 종족번식뿐만 아니라 그 사람의 모든 것을 하나도 빠짐없이 다 내포하는 것입니다. 사랑하는 사람끼리만 성교가 가능하도록 한다면 사랑의 결실인 어린아이가 생길 것입니다. 조물주는 돈으로 몸을 팔고 사는 매음행위나 폭력으로 벌어지는 강간이 사랑이 아님을 좌시하지 않았을 겁니다. 세상의 모든 남녀가 섹스라는 행위를 통해 흥분과 기대, 자극과 재미, 스릴과 서스펜스를 통해 끊임없이 유전자를 복사해서 이 우주를 돌리고 있다고 생각합니다. 이것은 궤변처럼 들릴지 모르지만 내 솔직한 심정입니다.

섹스는 죽음을 무릅쓴 생의 찬가입니다. 섹스는 생물학적으로 볼 때 수컷의 씨를 받아 종족번식의 책임과 창조의 기쁨을 동시에 누릴 수 있지요. 특히 우수한 종자를 받기 위해 수많은 후보들 가운데 가장 유능한 배우자를 선택하는 것은 암컷의 권리이자 의무입니다. 재밌는 건 암컷 사마귀는 교미 후에 수놈을 잡아먹는다지요. 인간은 동물과 다르지만 인간도 자연이라는 큰 틀에서 동물입니다. 우리 인간은 섹스는 자손번식과 최고의 쾌락을 동시에 가질 수 있지요.

인간에게 섹스는 양면의 칼날이군요.

섹스는 우리 인간에게 영원한 숙제일지 모릅니다. 쾌락이라는 최고의 즐거움은 인간을 인간답게 해주지만 섹스와 사랑이라는 두 얼굴은 인간을 난처하게 하기도 하지요. 사랑 없는 섹스도 가능한 것이 인간 아닐까요. 그래서 인간 역사에는 공창과 사창이 늘 함께 했지요.

공창이나 사창은 인간의 성적 욕망의 쓰레기통으로 전락할 수 있지요. 하지만 인간은 정신이라는 좀 더 성숙된 장치가 있지 않습니까. 정신이 몸을 지배할 수 있지요. 몸이라는 본능을 정신이라는 상위개념이 다스릴 수 있지요.

처음 만물이 디자인되었을 때 이미 우리의 세포 안에 섹스라는 것은 조절 가능하게 디자인 되었을 것입니다. 그걸 부정하는 것은 부질없는 것이지요. 특히 남성들은 영원토록 섹스를 원하도록 설계되어 있지요. 자신의 씨를 널리 퍼뜨리기 위해 그렇게 설계되어 있다고 해도 그걸 제어할 수 있는 정신 또한 설계되어 있습니다. 생각해보면 볼수록 설계자가 가장 정교하고 완벽하게 만든 작품이 우리 인간 아닐까요.

어레인보우, 그 정교한 작품인 우리 인간도 때론 에러가 날 때가 종종 있지요. 인간에게 섹스의 쾌감이 없다면 얼마나 재미없고 무미건조한 삶을 살아야 했을까요. 젊을 때의 사랑은 호르몬 작용에 불과하다는 말도 있지만 나는 섹스야말로 인간을 가장 인간답게 하는 완벽한 장치라고 생각합니다. 인간이 누릴 수 있는 최고의 쾌감은 섹스를 통해서 완성되지요.

몸으로 최고의 쾌감을 즐길 수 있는 유일한 존재가 인간입니다. 추사 김정희 선생도 책을 읽고 공부하는 즐거움, 사랑하는 사람과 변함없는 애정을 나누는 즐거움, 술잔을 기

우리며 인생을 논하는 즐거움을 인생삼락으로 삼았습니다. 에로티즘이 인간을 인간답게 해주는 것이기에 모텔은 비온 뒤 죽순처럼 싱싱하게 자라나고 복음처럼 비아그라가 전 세계를 강타하는 것이겠지요.

하하하 통쾌한 말씀입니다. 어레인보우

섹스는 부끄러워해야 할 대상이 아닙니다. 가장 숭고한 것 중의 하나지요. 섹스라는 사랑 없인 양육강식의 카오스만 존재할 뿐입니다. 오로라도 무지개도 볼 수 없는 생지옥이 되겠지요. 사랑을 모르는 몸이란 영혼 없는 송장이나 마찬가지지요.

어레인보우, 사랑과 질투는 한 세트지요. 질투 없는 사랑이 존재한다면 그건 신의 사랑뿐이겠지요. 1970년대 나는 직장관계로 영국으로 이주해서 살고 있었는데 영국으로 출장 온 한국의 젊은 은행장의 일화가 영국신문에 크게 보도되었지요. 영국 바닷가 휴양지의 한 호텔에 한국의 젊은 은행장과 부인이 투숙했지요. 룸서비스로 샴페인을 주문한 젊은 은행장은 영국웨이터에게 자신의 아내와 섹스를 해

달라며 후한 팁을 건넸습니다. 그러자 이 웨이터가 깜짝 놀라 경찰에 신고한 사건은 영국사회를 놀라게 했지요. 나는 그 기사를 보면서 혼자 추리를 좀 해봤었지요. 이 젊은 은행장이 변태 성도착증이나 관음증일 가능성도 있고 아니면 자신의 성기능이 시원치 않아 아내를 성적으로 만족시켜주지 못하는 보상심리에서 취한 하나의 극단적인 방식일 수도 있지요. 또는 아내를 너무 극진히 사랑하다 보니 두 사람 사이의 너무 익숙해지고 지루해진 성생활에 좀 색다른 자극과 흥분이라는 맛과 멋을 주려던 깊은 배려하는 마음이었던 것인지 모를 일이라고 생각했습니다.

사랑이 인간의 본능이듯이 질투는 생물의 본능입니다. 가톨릭에서는 교만, 질투, 분노, 나태, 탐욕, 식탐, 색욕을 7대 죄악으로 규정해 놓았습니다. 유교에서도 칠거지악이 있지요. 그것뿐인가요. 발칸반도 문화권과 이슬람에서는 질투를 적극적으로 권장하기도 했습니다. 질투는 사회성을 갖추고 서열이 존재하는 동물 집단과 인간에게는 필연적인 것이지요. 사랑은 섹스라는 쾌락으로 질투는 양념처럼 맛있는 인간관계를 형성해 주지요. 섹스를 통해 쾌락을 추구하면 추구할수록 우리 몸에서 일어나는 오감을 적절하게 조절할 지혜를 발휘하지 못하면 마치 축구선수가 자살골을 넣는 것과 다름없습니다. 인간은 스스로를 다스릴 수 있는 조절 능력을 키워나가야 합니다. 그것을 잘 활용하는 것이야말로 사랑과 섹스 그리고 질투를 가장 완벽하게 다스리는 비법입니다.

어레인보우, 내가 겪은 이야기를 해볼게요. 대학교 다닐 때 사귀던 그녀와 헤어진 후 이십오 년 만에 유명한 소설가가 된 그녀를 극적으로 뉴욕에서 다시 만났습니다. 그녀는 자기 여동생과 나에게 파격적인 제의를 했습니다. 태상, 당신이 섹스를 아주 잘하니까 내 여동생과 한번 해보면 좋겠습니다. 여동생은 승낙을 했으니 당신만 결정하면 아주 훌륭한 섹스가 될 것이라고 했지요. 소심하고 용기 없는 나는 거절하고 말았습니다. 나는 그녀의 제의를 받아들일 수 없었지만 기존 사회의 도덕이나 통념을 초월한 그녀는 인간이 만든 질서 밖으로 튀어 나가려는 기행이었습니다. 누구와 섹스를 하던 괘념치 않는 진정한 자유인이었을지 모르겠습니다.

당신의 그녀가 제안한 섹스를 정의하는 것 자체가 우스운 일입니다. 인간에게는 저 하늘에 있는 별만큼이나 다양한 일이 일어나니까요. 기행이나 도덕을 정의하는 것도 인간만이 할 수 있는 행동입니다. 섹스는 관능적 충동이 아닙니다. 섹스는 정신으로 하고 몸으로 다스리는 완벽한 생명 활동입니다. 섹스를 신체적인 욕망의 실현으로만 인식한다면 그건 옳은 일이 아닙니다. 섹스는 인간과 인간이 만들어내는 우주의 울림이며 수많은 정보를 교환하는 장이 섹스입니다. 섹스는 선도 아니고 악도 아닙니다. 몸과 정신이 만들어내는 가장 진보된 하모니 일뿐입니다.

이제, 죽음에 대해 이야기를 해 볼까요. 죽음이란 무엇일까요. 어레인보우

어렵군요. 죽음을 정의한다는 것 자체가 어려운 문제입니다. 당신도 나도 그리고 이 세상 사람들 모두 죽음에서 자유로울 수 없지요. 죽음은 자연스런 자연의 질서지요. 죽음은 삶에 있어서 하나의 변화에 불과합니다.

인간에게 가장 두려운 건 죽음이지요. 이는 종교가 끊임없이 세뇌한 탓일까요?

생명 있는 모든 것들은 다 시한부입니다. 인간도 동물도 식물도 마찬가지입니다. 영원하고자 하는 것이 인간이 풀고자 했던 오래된 숙제이죠. 종교도 그렇고 철학도 그렇고 모든 문명의 시작에는 죽음과 영원의 문제에 관여하고 있습니다.

나도 이제 인생을 정리할 나이에 와 있습니다. 나에게도 죽음은 풀지 못한 숙제지요.

철학적으로 혹은 과학적으로 인간의 죽음을 아직은 풀 수 없습니다. 생명활동의 정지가 죽음이라고 정의한다면 그럼 삶이란 무엇일까요. 삶을 먼저 규정하지 않고는 죽음에 대한 정의를 내리기 쉽지 않을 것입니다.

공자는 삶도 다 모르는데 죽음을 어찌 알겠냐고 했다지요.

맞습니다. 죽음은 그 본질을 다 파악하기란 거의 불가능합니다. 다만 생명 있는 모든 것들은 피할 수 없는 것이지요. 우리는 모두 자기가 아는 만큼만 죽음에 대해 말할 수

있습니다. 눈으로 보고 귀로 듣고 의식으로 배워서 아는 것
이 죽음을 이야기하는 것에 전부지요.

우리는 죽기 위해 태어났는지 모릅니다. 잘 죽는 것이 죽음에 대한
예의 아닐까요?

설계자의 프로그램대로 움직이는 우주는 바보처럼 정직
합니다. 삶도 죽음도 그 프로그램을 벗어나지 못하지요. 원
효는 죽음도 고통이고 태어남도 고통이라고 했지요. 삶과
죽음이 다 고통이라는 것은 나는 동의하지 않습니다. 삶처
럼 죽음도 우리 인간에게 부여된 하나의 자연스런 과정입
니다. 거기에 어떤 의미를 부여할 필요가 없지요.

어레인보우, 우리나라 속담에 개똥밭에 굴러도 이승이 좋다는 말이
있지요. 이는 삶에 대한 강렬한 애착을 드러내는 말입니다. 죽음을
몸이라는 물질에 대한 재난이나 테러정도로 생각하는 건 아닌지요.

살아야 할 때 죽는 것은 천벌이고 죽어야 할 때 사는 것도
천벌이라는 말이 있습니다. 죽음이 두렵기 때문에 종교가

생겨나고 종교에 의지하게 되는 것이지요. 몸이라는 물질은 에너지입니다. 에너지 불변의 법칙에 의하면 몸이라는 에너지가 소멸해도 이 우주 안에 고스란히 있다는 말이 되겠지요. 죽음은 에너지 형태가 다르게 존재하는 것이죠.

생각해보면 죽음에 대한 두려움을 극복하는 것이 관건이겠군요. 오래 살고 싶어 하는 것은 인간의 내면에 각인된 오랜 열망의 디엔에이겠지요. 그래서 오래 사는 것을 복이라고 하고 저승의 백년보다 이승의 일 년이 낫다는 말도 있지요.

인간은 몸이라는 물질을 가지고 영원이라는 완전성을 얻기 힘듭니다. 물질은 소멸하고 다시 생성하는 특징을 가지고 있습니다. 그것이 우주의 진리지요. '으앙'하고 태어나서 '깔딱' 하고 숨이 넘어 갈 때까지 자연스럽게 살아가면 됩니다. 자연에 봄, 여름, 가을, 겨울이 있다면 우리 몸에는 태어남, 늙음, 병듦, 죽음이 있지요. 생일노래가 있으면 죽음노래도 있습니다. 기쁨이 있으면 슬픔도 있습니다. 그저 자연의 프로그램대로 자연스럽게 살면서 우리 안의 또 다른 우리인 신을 만나는 일을 게을리 하지 않으면 됩니다. 아무 걱정을 하지 않아도 됩니다. 내 안에 있는 내가 신입니다. 그 신은 영원불멸하지요. 그 신을 만나기 위해 부단히 나를 갈고 닦아야 합니다. 그래서 내안의 신을 알아볼 수 있는 지혜를 터득하면 됩니다.

어레인보우, 그렇다면 내 안에 있는 또 다른 내가 바로 신이라고 했는데 그 신을 바로 볼 수 있는 길이 있습니까.

그 길을 알고자 하는 것이 인간의 역사 아닐까요. 그래서 종교가 생겨나고 철학자들이 이 문제를 풀려고 했습니다. 그러나 그 어떤이가 그 길을 찾았다고 할 수 있을까요. 설계자가 만든 우리 몸이라는 물질의 한계를 넘은 사람은 없습니다. 물질이라는 한계로는 설계자의 뜻을 모른다는 이야기지요. 종교가 알았다고 하고 철학자가 밝혀냈다고 해도 그것은 어디까지나 추측이나 상상에 불과한 것이지요. 과학자가 증명했다는 것도 사실은 물질을 근거로 비물질을 추정해 낸 것에 불과합니다.

죽음을 묻는 것은 우주 탄생을 묻는 것만큼이나 부질없는 일이군요.

하하하, 그렇습니다. 우주탄생이나 빅뱅이나 천지창조나 태초나 진화론이나 죽음을 설명할 수 없습니다. 미시적인 설명은 가능하지만 근원적인 설명은 어렵습니다. 우리는 탄생도 죽음도 그 어떤 것도 함부로 말할 수 없습니다.

맞습니다. 석가도 예수도 삶과 죽음을 이야기 했지요. 그렇지만 죽음 그 자체를 완벽하게 설명하지 못했습니다. 다만 모를 뿐, 삶도 죽음도 모를 뿐입니다. 그것이 내가 알고 있는 것입니다.

어레인보우 그녀, 무지개를 올라타다

아홉 번째 그녀, 코스미안

코스미안 그녀, 살아있는 우주순례자

나는 뉴욕의 골방을 벗어나 작은 아파트로 이사했다. 가발장사를 그만두고 뉴욕주 법원행정처 법정통역관으로 취직을 했다. 밥벌이 걱정을 덜고 본격적으로 글을 쓰며 코스미안 사상을 완성시켜 나갈 수 있는 환경이 조성된 것이다. 나의 삶은 간결해졌고 명료해졌다. 낮에는 일하고 밤에는 사유하는 단순한 삶으로 세상에 폐를 끼치지 않아도 될 만큼 명쾌해졌다.

욕심을 경계하고 마음을 비우니 단순한 삶을 유지할 수 있었다. 열정에 휘둘리지 않아도 될 나이에 접어든 지금, 나는 인내를 인내하지 않아도 될 만큼 성숙되어 있다. 나의 삶은 물 흐르듯이 자연스러워졌고 사유와 오랜 친구가 되어 앎에 이르는 길이 가까워지고 있었다. 일과 삶과 사유가 하나의 몸처럼 무르익어 가고 있었다.

나는 이제 자유로운 사유의 여행자가 되었다. 실체가 없는 관념들이 하나하나 사라지고 무한긍정의 에너지가 내 의식의 자리에 앉기 시작했다. 무한긍정의 에너지로 사유한 나의 사상이 바로 우주적 존재인 코스미안이다. 코스미안은 우주 만물이다. 내 자신이라는 사실이다. 코스미안은 우주에게 묻지 않고 자신에게 묻는 사람이다. 하느님에게 묻지 않고 자신에게 묻는 사람이다. 자연에게 묻지 않고 자신에게 묻는 사람이다. 자신이 곧 우주이고 하느님이고 자연이기 때문이다.

코스미안은 우주의 아바타가 아니다. 코스미안은 하느님의 아바타가 아니다. 코스미안은 자연의 아바타가 아니다. 오직 나 자신일 뿐이다. 무지개를 타고 코스모스 바다로 여행을 떠나는 코스미안 그 자체일 뿐이다. 코스미안은 살아 있는 지금, 여기, 이 순간을 살아가는 사람들이다.

만물은 사랑이라는 세포로 이루어졌고 사랑이라는 분자로 이루어졌다. 꽃이 피는 것도 사랑이다. 별이 반짝이는

것도 사랑이다. 내가 너를 사랑하는 것도 사랑이다. 모든
사랑의 동의어가 코스미안이다. 생명이 코스미안이고 삶
이 코스미안이고 인생이 코스미안이다. 코스미안은 저 너
머의 영원을 이야기하지 않는다. 코스미안은 영원이라는
것에 스스로 발목을 묶지 않는다. 착각과 망상을 제거하는
것이 코스미안이다.

코스미안은 괴로움에 빠지지 않는 사람이다. 코스미안은
즐거움에 치우치지 않는 사람이다. 즐거움에 치우치면 즐
거움이라는 집착에 물들고 괴로움에 빠지면 괴로움이라는
분노에 함몰되기 때문이다. 코스미안은 긍정의 마음을 최
대치로 만드는 사람이다. 삶도 긍정하고 죽음도 긍정하는
자는 모두 코스미안이다. 사랑으로 가득 찬 우주적 존재가
바로 코스미안이다.

나는 내 인생의 완성을 도와준 그녀들을 불러 한바탕 축
제를 열기로 했다. 그녀들은 나의 코스미안들이다. 그녀들
은 나의 메시아들이며 사랑으로 수고하는 삶의 고수들이
다. 나는 그들에게 '코스미안 무차無遮토론'의 초청장을 띄웠
다. 코스미안 무차토론장으로 그녀들이 하나 둘 속속 도착
했다. 첫 번째 그녀, 그리운 어머니가 도착했다. 두 번째 그

녀, 아테나도 도착했다. 세 번째 그녀, 진선미도 왔다. 네
번째 그녀, 코스모스도 도착했다. 다섯 번째 그녀, 해심이
오고 여섯 번째 그녀, 유나이티드 킹덤도 도착했으며 일곱
번째 그녀, 세 개의 별도 왔다. 여덟 번째 그녀, 어레인보우
도 도착했고 마지막으로 아홉 번째 그녀 코스미안도 왔다.

그녀들은 둥근 식탁에 둘러 앉아 차를 마시며 초록별 지구
의 아름다움을 감탄하고 있었다. 시간과 공간을 초월해 모
인 코스미안 그녀들과 이제부터 펼쳐질 우리들의 이야기는
별처럼 영롱하고 따뜻한 등불처럼 깜깜한 우주를 비추는
불빛이 되어 우주 구석구석을 비출 것이다.

-나

먼 길을 와 주셔서 감사합니다. 이제부터 당신들과 재밌
고 신나고 소중한 이야기들을 아무런 규칙이나 규제 없이
자연스럽게 펼쳐 보기로 합시다.

-아테나

초대해 주셔서 감사합니다. 여기 모인 모든 이들을 대표
해 감사드립니다.

-나

사람들은 필사적으로 어딘가에 목적지에 도달하고 싶어 하지만 사실은 그 목적지가 어딘지 모르는 채 달려가고 있습니다.

-유나이티드 킹덤

그렇지요. 목적지가 어딘지 아는 사람은 깨어있는 사람입니다. 우리는 깨어있기 위해 코스미안이 되려는 것이지요.

-해심

방향을 잘못 잡았다면 속도는 의미를 가질 수 없지요. 자신이 추구하는 일에 열정을 가지고 최선을 다한다고 강도를 칭찬할 수는 없는 일 아닌가요?

-코스모스

형이상학적인 이야기보다 나는 다른 이야기를 해볼까 합니다. 삶은 지옥입니다. 지긋지긋한 지옥이지요. 매일매일이 전투이며 전쟁입니다. 무엇 때문에 이렇게 지독하게 살떨리는 도박판처럼 살아야 하는 걸까요.

-진선미

코스모스, 당신도 알잖습니까. 돈의 대왕에게 아부하기 위해서지요. 너도나도 돈의 대왕에게 영혼을 팝니다. 고개를 숙이고 무릎을 꿇습니다. 사는 게 지옥이 아니라 지옥에 살고 있는 겁니다.

그녀들의 이야기가 펼쳐지는 둥근 식탁 위로 저녁 바람이 살랑살랑 불어왔다. 창문의 커튼이 바람을 타고 춤을 추고 그녀들은 때로는 진지한 얼굴로 때로는 재밌는 표정으로 자유롭게 이야기를 나누었다. 아무도 그녀들을 제지하지 않았고 재촉하지도 않았다.

-어머니

세상은 싸움터지요. 배가 고파서 싸우는 것이 아니라 배가 아파서 싸우는 싸움터지요.

-어레인보우

하하하 배가 아픈걸 보니 사촌이 땅을 샀군요. 질투는 인간의 감정 중에 가장 저급하지만 질투가 없다면 인간은 발전할 수 없지요. 질투는 욕망의 다른 이름입니다.

-코스미안

사람들은 참 바보입니다. 쉬운 것을 어렵게 풉니다. 삶이라는 것을 괜히 무겁게 만듭니다. 끝도 없이 질문을 하고 대답을 찾으려고 안달합니다. 머리가 터지도록 고민하고 걱정합니다. 아, 정말 사람들은 바보인가 봅니다.

코스미안 그녀는 사람들이 참 안됐다는 듯 혀를 끌끌 찼다. 그녀들도 코스미안 그녀의 말에 고개를 끄덕였다. 하지만 어머니 그녀는 고요하게 듣고만 있다가 조용히 입을 열었다.

-어머니

안 풀어도 될 문제를 억지로 푸니까 문제입니다. 애초에 문제는 존재하지 않았지요. 삶은 잔치처럼 즐기면 됩니다. 노래하고 춤추는 잔치입니다. 자연에는 문제도 없고 답도 없지요. 우리도 자연처럼 자연스럽게 살면 만사가 즐거울 것입니다.

-아테나

자연처럼 살면 얼마나 좋을까요. 하지만 항상 일이 일어나는 곳이 인간사입니다. 전쟁의 신인 나를 보면 알지요. 내가 왜 전쟁의 신이 되었을까요. 인간들이 일으키는 전쟁이 없었다면 나도 존재하지 않았을 겁니다. 전쟁과 인간은 쌍둥이처럼 닮은꼴입니다. 그렇지 않습니까?

-나

인간에게 있어 공존을 대체할 유일한 대안은 공멸뿐이라고 네루는 말했습니다. 힘이 약한 동물이 힘센 동물의 밥이듯이 전쟁도 무질서가 질서로 가는 한 과정일지 모릅니다.

-해심

파괴적이고 폭력적인 전쟁 이야기는 그만하고 재밌는 이야기를 해봅시다. 우리 한번 솔직해 봅시다. 인간이 진정으로 원하는 것은 왕이 되는 것이 아니라 왕자로 태어나는 것이지요. 힘들고 고통스럽게 일궈낸 왕보다 태어나보니 왕자인 것을 더 선호하지 않을까요.

-어레인보우

왕보다 왕자······. 창업주 재벌보다 재벌2세가 훨씬 좋다는 것과 다름없네요. 왕자나 재벌2세를 싫어할 사람은 없지요. 모두의 로망일지 모릅니다. 자진해서 권력의 노예, 돈의 노예가 되기 위해 평생을 바치는 사람들이 대부분입니다. 슬프지만 현실입니다. 인정하지 않을 수 없지요.

-유나이티드 킹덤

당신들도 알고 있지요? 영국은 지구 권력의 정점에 서 봤던 인물입니다. 그래서 나는 압니다. 권력과 돈의 유혹이 얼마나 달콤한 것인가를 알지요. 대영제국이 가지고 있는 재산의 많은 부분은 다른 나라를 침략해서 빼앗은 것입니다. 영혼은 순결하길 원하지만 우리가 사는 세상은 실제로 약육강식의 논리로 이루어져 있지요.

-진선미

약육강식으로 이루어진 세상이라 해도 진리는 있습니다. 슬퍼할 일이 아닙니다. 끊임없이 진리를 찾는 것도 인간만이 할 수 있는 특권이지요.

-코스모스

천대받는 창녀도 진리의 다른 모습입니다. 막달라 마리아도 예수의 벗이죠. 창녀는 몸을 파는 것이 아니라 몸 보시를 하는 것일지 모릅니다. 남성들을 엄마처럼 품어주는 창녀의 몸 보시는 다른 직업보다 솔직합니다. 눈 가리고 야옹하지 않지요. 자선적이고 자비롭기까지 합니다. 날강도 같은 정치인이나 부도덕한 종교인들보다 못하다고 누가 말할 수 있겠습니까.

이렇게 말하면서 코스모스 그녀는 찻잔을 입에 대고 재스민향기를 맡았다. 같은 여성으로서 창녀에 대한 연민이 일어나 그녀는 안타까운 마음이 들었다. 다른 그녀들도 코스모스 그녀의 말에 동조하며 차를 마셨다.

-세 개의 별

저는 사랑은 생명이라고 생각합니다. 창녀의 사랑도 생명이고 수녀의 사랑도 생명이지요. 사랑은 지속적이고 완전성을 지닌 유기체지요.

-코스미안

맞습니다. 사랑은 밥입니다. 정신적 밥이지요. 먹어도 먹어도 배고픈 밥입니다. 나는 이 밥을 배고픈 사람들에게 모두 나누어주고 싶습니다.

-어머니

밥 한 톨에는 땅의 기운과 물의 기운과 불의 기운과 바람의 기운이 다 들어 있지요. 그 기운들을 모아서 농부는 자신의 땀을 보태 키워냅니다. 밥을 먹는다는 것은 우주의 질서에 동참하는 것입니다. 다른 생명체들이 나에게 자신의 생명을 보시하는 것이지요. 먹는 자가 있으면 먹히는 자가 있습니다. 그러면서 하나가 됩니다. 그래서 밥을 먹는다는 것은 무한 질서에 대한 깨달음이자 은유입니다.

-나

어머니는 나를 그렇게 키우셨지요. 밥 한 톨의 사랑으로 우주의 기운을 모아 나를 키우셨지요. 이 세상 모든 어머니께 경배 드립니다.

-아테나

이 세상 모든 어머니들이 다 경배 받을 자격이 있을까요. 당연한 모성은 없습니다. 감성으로 모성을 강요하거나 남용되는 것은 여성에 대한 테러입니다.

-어레인보우

당연한 모성은 없다는 것이 충격적입니다. 모성은 본능인데 본능은 당연한 것 아닐까요. 전쟁의 신 아테나 여신이여.

-아테나

모성이라는 본능으로 그 어떤 것도 가능하게 하고 또 그 어떤 악조건도 감수하라고 하는 것은 여성들을 미치게 하는 시대에 도달했습니다. 본능적 모성에서 주체적 모성으로 진화하고 있는 것이죠.

-해심

모성이 발현되는 것조차 아예 싹을 잘라버리는 여성들이 많은 것이 사실입니다. 결혼을 포기하고 아이도 낳지 않는 시대죠. 여성이라면 모성이라는 본성은 당연한 것이 아니라 선택할 수 있는 것이라고 해야 옳지 않을까요.

-세 개의 별

맞아요. 정말 한 번뿐인 인생을 모성에 올인 할 수 없는 사람도 있죠. 나도 그런 생각입니다. 싱글라이프의 명쾌한 삶을 지향합니다. 그보다는 내 유전자를 끝없이 복사하는 것을 내 스스로 끊는 것입니다. 그것은 나에 대한 사랑이죠.

-코스모스

모성이 당연하다는 논리는 파시즘입니다. 그런 모성을 벗어나는 순간 내가 감당하고 지킬 수 있는 사회적인 모성이 아닌 주체적인 모성이 발현될 수 있을 것입니다.

-나

모성과 여성에 대한 이야기는 하면 할수록 재밌고 끝이 없네요.

-세 개의 별

아이를 낳지는 않았지만 나는 인간의 번식을 환영하지는

않아요. 나는 무엇일까요? 생각해보면 나는 조상들이 뿌려 댄 정보 덩어리 일뿐이죠. 정자와 난자의 유전 그 이상도 이하도 아닙니다. 그래서 난 번식을 하지 않기로 했습니다. 하하하, 나까지 이어온 유전자 라인을 깔끔하게 끝내고 소풍 온 지구에서 신나게 재밌게 즐겁게 행복하게 살다 가는 것이 인생의 목표입니다. 하하하

-어머니

와, 세상이 이렇게 바뀌었나요? 결혼을 하고 아이를 낳는 것을 당연한 것으로 여긴 여성의 삶이 당연하지 않은 세상이 되었군요. 무섭기도 하고 새롭기도 합니다.

-유나이티드 킹덤

모성은 동양이나 서양이나 똑 같은 본성입니다. 모성의 당사자는 여성이지만 모성을 받는 주체는 자식이지요. 모성이 없었다면 인류의 진화는 멈춰 섰을 것입니다. 영국왕실의 모성도 마찬가지입니다. 아름다운 다이애나는 어릴 적 자신을 두고 떠난 어머니로부터 따뜻한 손길을 받지 못했지요. 그녀의 내면에는 모성의 결핍으로 가득 차 있었습

니다.

-코스모스

가엾군요. 그토록 아름답고 성스러운 영국의 자랑인 다이애나에게도 그런 불행이 있었군요.

-유나이티드 킹덤

그뿐인가요. 다이애나 보다 12살이나 많은 찰스왕세자와 결혼했지만 행복하지 못했지요. 어린아이처럼 끝없이 어머니와 같은 사랑을 갈구했던 찰스는 결국 연상의 여인과 불륜관계를 유지하며 다이애나를 힘들게 했지요.

-진선미

모든 그리움은 어머니로부터 출발하고 어머니에게로 귀의하는 법이죠. 다이애나도 그렇고 찰스황태자도 그랬을 겁니다.

-유나이티드 킹덤

자식의 가장 안전한 귀의처는 어머니입니다. 다이애나의

그리움도 어머니였고 찰스 황태자의 그리움도 결국은 어머니였습니다. 카밀라 파커볼스는 늘 모성을 그리워한 찰스 황태자에게 엄마와 같은 모성으로 자신의 사랑을 지켜나가는 것이겠죠. 다이애나의 아들 해리왕자는 단 하루라도 어머니를 생각하지 않은 날이 없다고 고백하면서 모성에 대한 애잔한 그리움을 내비치고 있지요.

그녀들의 저녁 식탁은 끝없는 대화로 이어졌다. 물론 내가 초대한 그녀들은 실체가 아니라 내가 만든 나의 분신들이만 나는 그녀들이 실존으로 느껴질 만큼 애정이 깊었다. 왜냐하면 그녀들은 내가 살아온 인생의 정신적 동반자였고 그녀들은 나를 가장 객관적으로 볼 수 있는 눈을 가지고 있었기 때문이다. 그녀들은 내 내면 속에서 나와 함께 살아오면서 축적된 정신의 일부이다. 그래서 나는 사랑하는 그녀들을 초대해 마지막 이야기 파티를 하고 싶었다.

-코스모스

어머니, 이름만 불러도 가슴이 먹먹해집니다. 우리 슬픈 이야기는 그만 접고 다른 이야기를 나눠보도록 해요. 이별은 무엇일까요.

-해심

죽음과 이별은 쌍둥이입니다. 쌍둥이는 늘 항상 붙어 다니지요.

-어머니

때가 되면 꽃이 지듯이 사람도 때가 되면 지게 되어있지요. 하지만 이별은 슬픔이 아닙니다. 인간의 욕심이 슬픔으로 만든 것이죠. 생각해 보세요. 이별 없이 우주가 돌아갈까요. 태어나기만 하고 죽지 않는다면 우주는 멈추고 말 것입니다.

-유나이티드 킹덤

죽음이라는 이별 때문에 신이 생긴 건 아닐까요.

-세 개의 별

이별은 인간이 느끼는 가장 슬픈 감정입니다. 나는 사랑하는 사람을 보내고 이별의 슬픔이 얼마나 아픈지 느꼈지요.

-아테나

사랑하는 사람과의 이별은 나쁜 것만은 아닙니다. 사랑할 때 느끼지 못했던 기쁨의 기억을 맛보게 해주니까요.

-진선미

인간은 이별 앞에 가장 순수하게 빛나는 법입니다. 왜냐면 그 어떤 악한 감정도 개입될 수 없기 때문이지요.

-해심

그렇다면 죽음이란 무엇일까요?

-어레인보우

죽음 앞에선 누구나 평등합니다. 죽음을 비켜갈 사람은 없으니까요.

-어머니

죽음을 두려워하는 것보다 나쁜 삶을 두려워하는 것이 낫습니다. 죽지 못해 사는 삶이란 영혼까지 파괴하는 것이니까요.

-나

젊은 시절 나는 죽음 앞에 섰던 적이 있습니다. 인위적인 죽음은 정말 나쁜 것이지만 자연적인 죽음은 축복이지요. 죽지 않고 영원히 산다면 사는 것이 사는 게 아닐 것입니다. 영원하다는 것이 전제되면 삶을 사랑할 수 없습니다. 죽음은 인간에게 참 다행스런 일입니다. 죽음이 존재하기 때문에 삶이라는 모험을 할 수 있지요.

-유나이티드 킹덤

탄생이 행복이라면 죽음도 행복입니다. 처음과 끝은 같은 것이니까요.

-코스미안

우주가 나고 내가 우주라는 생각 하나만 바꾸면 탄생이 축제이듯이 죽음도 축제입니다. 내가 죽은들 우주인데 무슨 걱정일까요. 내가 산들 그 또한 우주인데 호들갑떨 일이 아니지요. 하하하

나는 냉장고에서 술을 꺼내왔다. 뉴욕한인타운 마트에서

사온 막걸리다. 아주 알맞게 잘 익은 막걸리를 땄다. 시큼한 냄새가 떠나온 고향의 향기 같았다. 오래전에 술을 끊은 나는 오늘만큼은 좀 마시고 싶었다. 나의 그녀들이 둘러앉은 이 저녁 식탁은 내 생의 처음이자 마지막일지 모른다. 이 얼마나 아름다운 저녁이던가. 그녀들과 이야기 나누는 이 저녁을 사랑하지 않을 수 없다.

-유나이드 킹덤

이번에는 제도에 대해 이야기를 나눠 봅시다. 인간은 제도 없이 살 수 없을까요? 민주주의와 공산주의가 인간이 만들어낸 최선의 제도일까요? 인간에게 더 좋은 제도는 없을까요?

-어레인보우

이 지구에 완벽한 제도는 없습니다. 애초에 완벽이란 것은 자연밖에 없지요. 자연만이 완벽한 제도입니다. 인간이 만들어낸 민주주의나 공산주의나 자본주의는 조금 잘 맞는 옷과 같지요.

-해심

인간에게 가장 잘 맞는 옷은 사실 알몸입니다. 알몸의 상태가 가장 최적화된 옷이지요. 동물이 옷 입는 것 봤습니까? 자연 그대로 사는 생물체들은 모두 태어난 상태로 살아가지요. 그것이 생물체에게 부여된 제도지요. 하하하

-코스모스

생각해보니 맞는 말입니다. 그렇지만 인간은 옷이라는 것으로 인해 지구에서 가장 위대한 존재가 되었지요. 그러니까 옷에 맞는 제도도 필요하게 되었고요. 그 제도가 지금은 민주주의지만 앞으로는 어떤 제도가 나와서 인간을 좀 더 살기 좋게 만들지 궁금해집니다.

-나

인간은 세 명만 있어도 지도자가 생깁니다. 인간의 본성이지요. 제도는 모여살기 위한 방편입니다. 모여 살지 않고 혼자 살면 제도가 필요 없습니다. 모여 사는 동물이 인간이기 때문에 도덕이 나오고 윤리가 나오고 질서가 나왔지요. 집단이 공멸하지 않고 생존하기 위한 것입니다. 인간이 신

처럼 완벽하지 않는 한 어떤 제도도 완벽하게 인간을 통제
할 수 없을 것입니다.

-유나이티드 킹덤

수명을 다해가는 공산주의를 보면서 민주주의는 안전한
가 하는 의문이 듭니다.

-어머니

자연발생적인 그 어떤 제도가 출현될지 모릅니다. 이것이
지면 저것이 피고 저것이 지면 이것이 피듯이 말입니다.

-세 개의 별

만약 내가 새로운 제도를 만든다면 인간의 자유를 완벽하
게 보장하는 그런 제도를 만들고 싶습니다. 인간에게 자유
는 존재와도 같은 것이니까요.

-코스미안

인간이 완벽하게 정신적 성숙을 이루는 날이 오면 제도는
필요 없게 될 것입니다. 완벽한 정신적 성숙이 이루어지면

도덕이나 윤리가 필요 없게 되지요. 전쟁도 없어질 것이고 분쟁도 당연히 없어지겠지요. 인간이 신이 된다는 말은 아닙니다. 인간의 내면에는 이런 힘이 있습니다. 바로 사랑이지요. 충분히 가능한 일입니다. 사랑이 완전하게 발현되면 아무런 제도 없이도 우리는 잘 살 수 있습니다. 인간이 제도를 구속하는 것이지 제도가 인간을 구속하는 것은 아닙니다.

-코스모스

사랑이야기를 해볼게요. 남녀 간의 사랑은 순결한 것일까요. 불결한 것일까요.

-해심

사랑을 순결과 불결로 나눌 수 없습니다. 사랑······. 그냥 듣기만 해도 가슴 설레는 말입니다.

-아테나

사랑은 통속적일수록 아름답고 상투적일수록 매력적인 법입니다. 안 그렇습니까. 여러분······.

-어머니

남녀 간의 사랑은 쾌락이 만들어 내는 몸의 유희지요. 가장 아름답고 가장 순결한 놀이입니다.

-코스모스

나도 운명 같은 사랑을 했었지요. 사랑은 받는 것보다 주는 것이 더 행복한 법이지요. 그러나 나는 주는 사랑을 하지 못했습니다. 지금 생각하면 나는 어리석은 사랑을 했나 봅니다. 사랑에 눈이 멀어야 그 사람밖에 보이지 않는 법인데…….

-진선미

당신은 사랑에 눈이 멀지 않았군요. 그렇다면 감성보다 이성이 앞섰다는 이야기인데 그런 사랑은 하나마나한 사랑입니다. 하하하 적어도 로미오와 줄리엣처럼 불같은 사랑을 해야 사랑이라고 말할 수 있지 않을까요.

-어레인보우

우리들의 로망인 사랑과 영혼의 샘 휘트와 데미 무어처럼 이승과 저승을 잇는 사랑을 해본다면 인간에 대한 지극함을 알 수 있을지 모릅니다. 사랑이란 인간에 대한 앎의 다른 방식이니까요.

-아테나

여러분들도 알다시피 나는 전쟁의 여신입니다. 전쟁은 사랑을 극대화시킵니다. 전쟁은 인간의 추악성이 드러나는 곳이지만 반면에 사랑이라는 감정의 정점에 이를 수 있는 곳이기도 하죠. 목숨과 바꾸는 사랑이 가능한 곳이 전쟁입니다.

-나

인류의 반은 여자고 반은 남자입니다. 반과 반이 만나면 무얼 하겠어요. 바로 사랑놀이로 존재를 확인합니다. 물론 은밀하게 혹은 대담하게…….

-해심

사랑이라는 속성은 갑자기 퍼붓는 소나기 끝에 무지개를 보는 것이 아닐까요.

-나

사랑은 인간이 누릴 수 있는 최고의 황홀경이지요. 남자의 몸이 여자의 몸속으로 깊이 들어가 신나는 춤을 추지요. 그 황홀한 춤이 절정에 이르는 순간 아이가 생기게 됩니다. 그 아이는 엄마의 바다에서 열 달을 신나게 놀다가 엄마의 문을 열고 나옵니다. 이것이야말로 가장 황홀한 순간에 인간의 탄생이 시작되는 것입니다. 얼마나 존엄한 일인가요.

-진선미

맞습니다. 인간뿐만 아니라 모든 생명체는 경이로운 존엄 그 자체입니다. 그러니 망설이지 말고 사랑해야 합니다. 남자와 여자가 만나서 나누는 사랑은 인류에게 최고의 가치라는 것은 변하지 않는 사실입니다.

-유나이티드 킹덤

한 여인을 위해 왕위를 버린 윈저공과 두 번의 이혼 경험이 있는 미국 유부녀 심프슨 부인의 사랑은 사랑이라는 이름이 아깝지 않은 커플입니다. 그들의 사랑은 모든 이들의 로망이죠. 우리는 사랑 앞에 윈저공과 같은 선택을 할 수 있을까요.

-아테나

사랑이라는 감정은 복잡하고 미묘합니다. 누군가에게는 사랑이 장사가 될 수도 있고 누군가에는 사랑이 아낌없이 주는 나무가 될 수도 있습니다.

-코스모스

나는 이제 다시 사랑이 찾아온다면 망설이지 않겠습니다. 예전에 사랑 앞에 망설이다가 사랑했던 사람을 놓친 경험이 있지요. 그건 진정한 사랑이 아니었음을 후에 깨달았습니다.

-유나이티드 킹덤

사랑을 위해 왕위를 버린 윈저공이 만인의 로망이라면 왕관의 노예로 구십 평생을 살고 있는 엘리자베스 여왕은 만인이 부러워하는 권력의 로망일까요?

-나

권력이나 돈이나 명예라는 노예가 되기보다 사랑의 노예가 되는 게 비교할 수 도 없을 만큼 값진 것입니다. 그렇지 않고서야 왕위까지 버린 윈저공이 나올 수 없지요. 왕위를 버린 사람이 열 명 중 하나라면 왕위를 빼앗으려고 한 사람은 열 명 중 아홉일 것입니다. 아홉보다 하나가 귀하게 마련이지요.

-어레인보우

사랑을 좇는 사람은 사랑의 진정한 가치를 알 수 없습니다. 사랑은 무지개와 같습니다. 좇으면 좇을수록 멀리 달아나지요. 무지개를 올라타야 합니다. 무지개를 올라탄 사람만이 하늘을 날수 있습니다.

-세 개의 별

옳습니다. 무지개를 올라타는 사람은 사랑의 승리자가 됩니다. 나는 그 사랑을 실천했지요. 죽음을 앞둔 고든을 사랑한 순간 무지개를 올라탄 것입니다. 그를 보내고 산티아고 순례길을 걸었던 것은 영원한 사랑을 완성하는 진실함에 대한 실천이었습니다. 그 실천은 사실 내 자신과 마주하는 혹독하고 고단한 일이지만 그 순례의 여정이 주는 그 자체를 사랑하지 않을 수 없었습니다.

-어머니

사랑은 기적입니다. 우리는 늘 기적을 만나며 살고 있습니다. 사랑하는 사람에게 사랑을 다 주는 것이 기적입니다. 따지지 않는 것, 계산하지 않는 것, 비교하지 않는 것, 불신하지 않는 것, 오로지 그 남자를 그 여자를 전부로 여기는 것 그것이 사랑입니다. 그것 말고 무엇이 더 필요하겠습니까. 인생 기껏 살아봐야 백년도 안 됩니다. 천년의 이기심으로 살고 있지는 않은지 뒤돌아 봐야 합니다.

-코스모스

사랑은 무조건입니다. 하하하

-나

태어나지 마라, 죽는 것이 괴롭다. 죽지 마라, 태어나는 것이 괴롭다고 원효가 말했지만 나는 생각이 다릅니다. 나는 이렇게 말하고 싶습니다. 태어나라, 사는 것이 즐겁다. 죽으라, 태어나는 것이 놀랍다. 부처는 희로애락 때문에 괴롭다고 했는데 나는 삶은 희로애락이 있어서 재밌습니다. 죽음이 있기 때문에 삶이 있지요. 어둠이 있어야 밝음이 있습니다. 고독을 모르면 사랑을 알 수 없습니다. 이것이 내가 평생을 노래한 것이지요.

-코스미안

살아있는 삶 자체가 진정성입니다. 지금 우리가 보고 듣고 먹고 냄새 맡고 느끼고 생각하는 것이 삶의 노래입니다. 그것 말고는 다 허상입니다. 그래서 무지개를 올라타야 합니다. 무지개를 좇기만 하면 평생 무지개를 붙잡을 수 없습니다. 이 우주도 내가 오감을 가지고 살아서 느끼는 것입니다. 나의 육신이 소멸되고 난 후의 우주는 그냥 우주일 뿐입니다. 삶이 우주고 사랑이 우주고 인생이 우주입니다. 이 아름다운 우주 여행자 코스미안이 되는 것은 살아있는 지금 이 순간에 가능한 일입니다. 코스미안의 노래처럼 말입니다

소년은 코스모스가 좋았다.

이유도 없이 그냥 좋았다.

소녀의 순정을 뜻하는

꽃인 줄 알게 되면서

청년은 코스모스를

사랑하게 되었다.

철이 들면서 나그네는

코스미안의 길에 올랐다.

카오스의 우주에서

코스모스를 찾아

그리움에 지쳐

쓰러진 노인은

무심히 뒤를 돌아보고

빙그레 한 번 웃으리라.

걸어 온 발자국마다

무수히 피어난

코스모스를 발견하고

무지개를 올라탄 코스미안은

더할 수 없이 황홀하리라.

하늘하늘 하늘에서 춤추는

코스모스바다 위로 날아가리라.

　　더없이 아름다운 저녁이었다. 그녀들은 자유의지로 빛나
는 완성된 인격체로 내게 와서 끝없는 대화를 이어 주었다.
나는 지구에 와서 행복했고 참 잘 살았다는 안도감을 느꼈다. 그렇다. 그녀들을 만난 건 행운이었다. 인생은 크고 작은 일들의 연속이었지만 신나고 짜릿한 롤러코스터 같은 모험이었다. 나는 이 모험을 충분히 즐겼다. 그녀들 덕분이었다. 이제 우리들의 이야기를 마치고 그녀들은 시공을 넘어 우주로 돌아갔다.

코스미안 그녀, 살아있는 우주순례자

돌아오다

시간여행에서 돌아온 나는 눈을 떴다. 멀리 아련하게 빛나는 도시가 보였다. 뉴욕의 존 에프 케네디공항을 이륙해 태평양 상공을 날아온 비행기는 장장 15시간의 비행을 마치고 인천국제공항을 향해 착륙준비를 하고 있었다. 나는 이제 과거로의 시간여행을 끝내고 내릴 준비를 했다. 아주 오래전에 떠났던 고향에 다시 발을 딛는다는 사실이 놀라웠다.

부모형제들도 모두 세상을 떠나 버린 지 오래다. 하지만 고향은 어김없이 그 자리에 있었다. 가을바람이 소슬하게 불어 왔다. 오래전에 불었던 그 바람과 같은 바람이었다.

나는 가슴을 열고 고향의 바람을 실컷 마셨다. 종로 낙원동 호텔에 여장을 풀었다. 종로에서 학교를 다니고 취직을 하고 결혼을 했다. 젊은 시절을 보낸 종로를 찾아 늙은 몸을 이끌고 나는 다시 찾아왔지만 종로는 여전히 옛 이야기를 담고 있는 듯 낯설지 않았다.

나는 여행 가방에서 나의 마지막 저서인 '생의 찬가'를 꺼내 침대 위에 가지런히 놓았다. 긴 비행을 한 탓인지 몹시 피곤했다. 낙원동 호텔에서 나는 깊은 잠에 빠져들었다. '이게 삶이야'를 외친 외손자 일라이자가 잠깐 꿈속에 나타났지만 그것 말고는 깊고 편안한 밤을 보냈다. 나는 습관대로 아침 일찍 일어나 따뜻한 물 한 컵을 마시고 창밖을 바라보았다.

두근거리는 마음을 안고 거리로 나갔다. 거리는 활기가 넘쳤다. 젊은이들의 웃음소리가 귓가에 음악처럼 들렸다. 봄바람처럼 따뜻한 느낌이다. 이런 느낌은 정말 오랜만이었다. 이상하게 이런 따뜻한 감정은 집착을 놓게 만든다. 삶이란 집착의 연속인데 차가움보다 따뜻함이 명징하기 때문인지 모른다. 편안함이 몸으로 느껴진다. 나는 생각조차 놓아버리고 거리를 걸었다.

발길이 기억하는 곳을 따라가다 보니 청진옥 해장국집이 나왔다. 그곳에서 그 옛날 먹었던 해장국을 한 그릇 뚝딱 해치웠다. 기억이 주는 강렬함은 아름답다. 구수한 해장국을 다 먹고 나는 이제 천천히 고요하게 돌아온 고향을 음미해 볼 것이다. 씨줄과 날줄을 맞추어 기억의 집을 짓고 나와 내가 하나가 되어 볼 것이다.

나는 오늘이 마지막인 것처럼 하루하루를 즐겼다. 이 순간 내 곁에 있는 햇살과 바람과 공기와 거리의 젊은이들과 그리고 낯선 사람들과 함께 시간을 향유했다. 나는 더 이상 두려움도 없었다. 슬픔도 없었고 아픔도 없었다. 고요한 기쁨만이 나를 감싸고 있었다. 고향에 오니 문득 사춘기 때 지었던 가을노래가 떠올랐다.

낙엽이 진다.

타향살이 나그네 가슴 속에 낙엽이 진다.

그리움에 사무쳐 시퍼렇게 멍든 내 가슴 속에

노랗게 빨갛게 물든 생각들이 으스스 소슬바람에

하염없이 우수수 흩날려 떨어지고 있다.

왕자도 거지도 공주도 갈보도

내 부모형제와 그리운 벗들도

앞서거니 뒤서거니 하나 둘 모두

삶의 나무에서 숨지어 떨어지고 있다.

머지않아 나도 이 세상천지에서

내 마지막 숨을 쉬고 거두겠지.

그러기 전에 내 마음의 고향 찾아가

영원한 나의 님 품에 안기리라.

엄마 품에 안겨 고이 잠드는 애기 같이

꿈꾸던 잠에서 깨어날 때

꿈에서 깨어나듯 꿈꾸던 삶에서 깨어날 때

삶의 꿈에서도 깨어나 삶이 정말

또 하나의 꿈이었음을 깨달아 알게 되겠지.

그렇다면 살아 숨 쉬며 꿈꾸는 동안

새처럼 노래 불러 산천초목의

숨바람이라도 일으켜 볼까.

정녕 그렇다면 꿈꾸는 동안 개구리처럼 울어

세상에 보기 싫고 더러운 것들 죄다

하늘의 눈물로 깨끗이 씻어 볼까.

정녕코 그렇다면 숨 쉬듯 꿈꾸며

도 닦는 동안 달팽이처럼 한 치 두 치

하늘의 높이와 땅의 크기를 헤아려 재볼까.

소라처럼 출렁이는 바닷소리에 귀 기울여 볼까.

차라리 별처럼 갖가지 아름다운 꽃들

찾아다니며 사랑의 꿀을 모으리라.

그러면서 꿀같이 단꿈을 꾸어 보리라.

나는 초대장 없이 이 지구에 와서 가슴 뛰는 대로 살았다. 순간순간마다 사랑에 취해 살았다. 살아 숨 쉬는 매 순간이 기적이었다. 부질없는 신의 영원보다 위대한 인간의 한순간이 기적이라고 믿으며 살았다. 인생은 절대 진지하지 않다. 비밀스럽고 신비해서 감탄스럽다. 만일 죽음이 나를 찾아오면 나는 춤을 추면서 맞이할 것이다. 나를 행복하게 했던 한줄기 바람, 쏟아지는 햇살, 아이들의 웃음소리, 풍뎅이의 바스락거림, 별들의 노래를 기억하면서…….

그녀들을 만나러 왔지만 나는 그녀들이 어디 있는지 모른다. 그대가 내게 그녀들이 있냐고 묻는다면 나는 있다고 말할 수 없다. 다시, 그대가 내게 그녀들은 없냐고 묻는다면 나는 없다고 말할 수 없다. 그녀들은 있기도 하고 없기도 하다. 그녀들은 전체이면서 하나이다. 그대도 알고 있지 않은가. 침묵은 시간이 지나가면서 내는 소리라는 것을, 그녀들은 시간 안에서도 시간 밖에서도 침묵으로 흐르고 있을지 모른다. 그러니 그대들이여 나에게 그녀들을 묻지 마라. 그녀들은 무지개를 올라탄 코스미안들이다. 여기 지금 이 순간 살아있는 그대들이 바로 코스미안이기 때문이다.

-끝

참조한 책 - 이태상
- 어레인보우
- 코스미안 어레인보우
- 무지코
- 어레인보우 칸타타
- 가슴은 사랑으로 채워라
- 태미사변
- 생의 찬가

참조한 책 - 이수아 지음 / 이봉수 역
- 사랑하면 산티아고로 떠나라 그녀처럼